西語動詞，一本搞定！

Verbos Clave en Uso

José Gerardo Li Chan（李文康）
Esteban Huang Chen（黃國祥） 合著

（原書名：西語動詞，帶這本就夠了！）

作者序

西語動詞，一本搞定！

想提升西語程度，卻不知道從何開始嗎？想持續學習西語，卻常被西語的動詞變化打敗嗎？此時，您手上這本由教學經驗豐富的 José 老師和 Esteban 老師精心撰寫的《西語動詞，一本搞定！》，絕對是您解決上述問題、充實西語能力的最佳選擇！

從西語動詞基本文法開始，到學會 80 個使用頻率最高的西語動詞變化！

只要按部就班，依循本書安排的學習方法和步驟，就能輕鬆有效學習西語動詞！

首先，從基礎西語動詞文法開始，認識「現在時、現在進行時、現在完成時、過去時、未來時」五大時態，了解其變化與用法。接著，書中列出 80 個使用頻率最高的動詞，搭配八大主詞的動詞時態變化，透過表格清楚呈現，幫助您快速掌握西語動詞變化。最後，每個動詞還搭配「你可以這樣說」的西語句型，以及「西語會話開口說」的情境對話，引導您開口說出適切的西班牙語！

全書 80 個動詞都搭配情境插圖，幫助您輕鬆記憶，表格中更納入中南美洲慣用的「vos」（你）之動詞時態變化，讓您在本書學到的動詞變化，可以通用於所有西語系國家！

其中，「基礎篇」帶領您迅速掌握西語動詞變化、用法和基本句型。而「動詞篇」引導您透過簡明易懂的表格，學習 80 個動詞的「八大主詞 × 五大時態」的變化；「你可以這樣說」和「西語會話開口說」的相關例句，讓您可以跟西語系國家的母語人士順利溝通交流！

讓《西語動詞，一本搞定！》，陪您輕鬆掌握西語動詞！

本書設計成便於翻閱查詢的開本，搭配 QR Code 隨時掃瞄聆聽音檔，讓您方便進行學習安排。80 個動詞按照西語字母順序 A ～ V 編排，可以輕鬆查詢動詞所在頁數。

您還可以透過附錄的西語動詞中文索引，快速找到該動詞所在頁數。這些嶄新的設計，讓您在學習西語動詞時更有效率！

最後，建議您使用 José 老師和 Esteban 老師一起打造的系列書籍，從零開始，一起學好西班牙語：

- 用《信不信由你，一週開口說西班牙語！ 新版》打好西語發音基礎；
- 搭配《西語動詞，一本搞定！》掌握西語動詞的時態變化；
- 透過《實用西語，一本搞定！》增加西語單字量和基本句型；
- 最後帶著《說西班牙語，環遊世界！ 新版》讓您到西語系國家旅行能夠暢行無阻！

　　現在，就讓我們一起進入《西語動詞，一本搞定！》的學習旅程吧！

　　¡Ánimo! 一起加油吧！

（以上四書均由瑞蘭國際出版）

如何使用本書

STEP 1 掌握西語動詞時態變化,做好學習準備!

基礎篇(動詞的時態)

本書在基礎篇裡,先將西語動詞分成「現在時、現在進行時、現在完成時、過去時、未來時」五大時態,以淺顯易懂的方式呈現,帶您快速掌握西語動詞時態變化!

STEP 2 熟悉實用西語動詞,運用到生活中!

實用動詞

精選 80 個生活中必備、最實用的西語動詞,依照「八大主詞 × 五大時態」變化編寫,助您全面累積西語實力!

情境圖像

每個動詞皆有符合動詞詞義的情境圖輔助記憶,增加西語學習興趣!

音檔序號

由 José 老師親自錄音,只要聆聽音檔反覆練習,用聽的就能背好基礎西語動詞和時態變化!

你可以這樣說

每個動詞皆有實用易懂的生活例句，不但可以將動詞用法融會貫通，還能增加您的造句能力！

西語會話開口說

每個動詞還有貼近日常的生活會話，只要跟著開口說，絕對讓您的西語口說能力突飛猛進！

標籤索引

依 A～V 順序排列，隨手一翻，立刻就能查詢到各個動詞的變化和用法！

STEP 3　基礎西語發音、文法，帶您溫故知新！

附錄篇

包含「西語母音與子音」、「西語發音與重音」，還有「西語基本文法」，讓您的西語輕鬆上手！最後還有「中文索引」，讓您輕鬆查閱好學習！

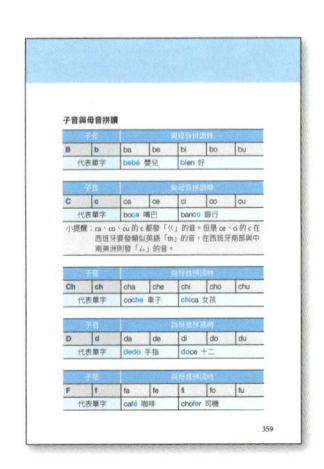

目次

作者序 2
如何使用本書 5

基礎篇（動詞的時態）
現在時 **Presente** 12
現在進行時 **Gerundio** 16
現在完成時 **Pretérito Perfecto** 20
過去時 **Pretérito Indefinido** 24
未來時 **Futuro Imperfecto** 27

動詞篇
1. **Abrir** 開 32
2. **Almorzar** 吃午餐 36
3. **Amar** 愛 40
4. **Apagar** 關 44
5. **Aprender** 學習 48
6. **Ayudar** 幫忙 52
7. **Bailar** 跳舞 56
8. **Bañarse** 洗澡 60
9. **Beber** 喝 64
10. **Buscar** 找 68
11. **Caminar** 走路 72
12. **Cantar** 唱歌 76
13. **Cenar** 吃晚餐 80
14. **Cerrar** 關、關門、不營業 84
15. **Cocinar** 煮 88
16. **Coger** 拿、搭乘、抓 92

17. **Comer** 吃 96
18. **Comprar** 買 100
19. **Conducir** 駕駛、開車 104
20. **Conocer** 認識 108
21. **Contestar** 回答 112
22. **Correr** 跑 116
23. **Dar** 給 120
24. **Decir** 告訴、說 124
25. **Desayunar** 吃早餐 128
26. **Desear** 想要 132
27. **Dibujar** 畫 136
28. **Dormir** 睡、睡覺 140
29. **Empezar** 開始 144
30. **Entender** 了解、懂得 148
31. **Escribir** 寫 152
32. **Escuchar** 聽 156
33. **Esperar** 等、等待 160
34. **Estar** 是 164
35. **Estudiar** 唸書、學習、讀書 168
36. **Firmar** 簽名 172
37. **Hablar** 說、講 176
38. **Hacer** 做 180
39. **Invitar** 邀請 184
40. **Ir** 去 188
41. **Jugar** 玩 192
42. **Lavar** 洗 196

43. **Leer** 讀、閱讀 200
44. **Levantarse** 起床 204
45. **Limpiar** 清潔 208
46. **Llamar** 叫 212
47. **Llegar** 抵達、到達 216
48. **Llevar** 帶 220
49. **Llorar** 哭 224
50. **Montar** 騎 228
51. **Nadar** 游泳 232
52. **Necesitar** 需要 236
53. **Olvidar** 忘記 240
54. **Pagar** 付款 244
55. **Pasear** 散步 248
56. **Pedir** 要求 252
57. **Pensar** 想 256
58. **Poder** 可以、能 260
59. **Poner** 放 264
60. **Practicar** 練習 268
61. **Preguntar** 詢問 272
62. **Querer** 想要 276
63. **Recibir** 接受、收到 280
64. **Regalar** 贈送 284
65. **Saber** 知道、會 288
66. **Salir** 出去、出發 292
67. **Ser** 是 296
68. **Tener** 有、必須 300

69. **Terminar** 完成、結束 304
70. **Tocar** 摸、彈 308
71. **Tomar** 喝、拿、搭乘 312
72. **Trabajar** 工作 316
73. **Usar** 使用 320
74. **Vender** 賣 324
75. **Venir** 來、過來 328
76. **Ver** 看 332
77. **Viajar** 旅行 336
78. **Visitar** 拜訪、參觀 340
79. **Vivir** 住 344
80. **Volver** 回來、再 348

附錄篇

西語母音與子音 **Vocales y consonantes** 354
西語發音與重音 **Pronunciación y acento** 358
西語基本文法 **Gramática** 366
中文索引 **Índice en chino** 371

如何掃描 QR Code 下載音檔

1. 以手機內建的相機或是掃描 QR Code 的 App 掃描封面的 QR Code。
2. 點選「雲端硬碟」的連結之後，進入音檔清單畫面，接著點選畫面右上角的「三個點」。
3. 點選「新增至「已加星號」專區」一欄，星星即會變成黃色或黑色，代表加入成功。
4. 開啟電腦，打開您的「雲端硬碟」網頁，點選左側欄位的「已加星號」。
5. 選擇該音檔資料夾，點滑鼠右鍵，選擇「下載」，即可將音檔存入電腦。

基礎篇
（動詞的時態）

1. 現在時
   Presente
2. 現在進行時
   Gerundio
3. 現在完成時
   Pretérito Perfecto
4. 過去時
   Pretérito Indefinido
5. 未來時
   Futuro Imperfecto

基礎篇

現在時 Presente

　　動詞變化是西語的重要特色之一，也是掌握西語的關鍵所在。透過不同人稱代名詞（persona）、單數與複數（número）、式（modo）以及時態（tiempo）的變化，只要透過一個西語動詞就能精準表達說話者的意思。

　　西語動詞的四種式如下：**陳述式（modo indicativo）、虛擬式（modo subjuntivo）、可能式（modo potencial）、命令式（modo imperativo）**，本單元將依序說明的五大類西語動詞時態變化，都屬於陳述式的變化。

　　西語動詞總共有三組規則變化的動詞，分別是動詞字尾「ar」、「er」、「ir」，搭配不同人稱代名詞而有下列現在時態（本書一律寫成「現在時」，其餘四大類動詞時態變化寫法相同）的動詞變化：

主詞	動詞字尾是 ar	動詞字尾是 er	動詞字尾是 ir
yo 我	-o	-o	-o
tú 你	-as	-es	-es
él / ella / usted 他 / 她 / 您	-a	-e	-e
nosotros / nosotras 我們（男性）/ 我們（女性）	-amos	-emos	-imos
vosotros / vosotras 你們（男性）/ 妳們（女性）	-áis	-éis	-ís
ellos / ellas / ustedes 他們 / 她們 / 您們	-an	-en	-en

　　提醒您，字尾是「er」和「ir」的這二組動詞，除了「nosotros / nosotras」（我們）和「vosotros / vosotras」（你們 / 妳們）的動詞字尾變化形式不一樣，其他的動詞變化形式都相同。

基礎篇

現在時可以用來表達下列兩種情況：

1 詢問或提供關於目前時刻的資訊。

例句：

¿Qué piensas hacer?

（你想做什麼？）

¿Nos podemos sentar aquí?

（我們可以坐在這裡嗎？）

Nosotros queremos un helado de vainilla.

（我們想要香草冰淇淋。）

2 表達習慣或頻繁發生的動作或事件。

例句：

Mi hija corre una hora todos los días.

（我的女兒每天跑步一個小時。）

El banco cierra a las tres de la tarde.

（銀行三點關門。）

La película empieza a las siete de la noche.

（電影晚上七點開始。）

最後提醒您，因為西語動詞依據不同人稱代名詞而有變化，所以西語常會省略人稱代名詞，只說動詞。例如：「**Yo bebo un vaso de café con leche todas las mañanas.**」（我每天早上喝一杯咖啡加牛奶。）也可以說成：「**Bebo un vaso de café con leche todas las mañanas.**」

基礎篇

現在進行時 Gerundio

現在進行時的動詞變化，寫法如下：

主詞	動詞 estear 的現在時變化	
yo 我	estoy	
tú 你	estás	
él / ella / usted 他 / 她 / 您	está	+ 動詞的 現在分詞變化 （Gerundio）
nosotros / nosotras 我們（男性）/ 我們（女性）	estamos	
vosotros / vosotras 你們（男性）/ 妳們（女性）	estáis	
ellos / ellas / ustedes 他們 / 她們 / 您們	están	

三組規則變化的西語動詞，搭配不同人稱代名詞的現在分詞變化如下：

主詞	動詞字尾是 ar	動詞字尾是 er	動詞字尾是 ir
yo 我	-ando	-iendo	-iendo
tú 你	-ando	-iendo	-iendo
él / ella / usted 他 / 她 / 您	-ando	-iendo	-iendo
nosotros / nosotras 我們（男性）/ 我們（女性）	-ando	-iendo	-iendo
vosotros / vosotras 你們（男性）/ 妳們（女性）	-ando	-iendo	-iendo
ellos / ellas / ustedes 他們 / 她們 / 您們	-ando	-iendo	-iendo

基礎篇

現在進行時的用法如下:

1 表達談話的時候,正在進行的動作。

例句:

¿Qué lenguas estás aprendiendo?
(你正在學習什麼語言?)

Yo estoy aprendiendo español.
(我正在學習西語。)

Este chico está bebiendo un vaso de zumo de naranja.
(這個年輕人正在喝一杯柳橙汁。)

Mi hermana le está ayudando a mi abuela.
(我的姊姊正在幫忙我的奶奶。)

Yo estoy cocinando una paella.
(我正在煮一份西班牙海鮮燉飯。)

2 遇到反身動詞時，例如「bañarse」（洗澡）、「levantarse」（起床），句子中的受詞可以放在動詞 estar 之前，或是放在現在分詞之後，並且寫在一起，同時要注意是否需加上重音符號。

例句：

Se está bañando.

（他正在洗澡。）

Está bañándose.

（他正在洗澡。）

基礎篇

現在完成時 Pretérito Perfecto

現在完成時的動詞變化，寫法如下：

主詞	動詞 haber 的現在時變化	
yo 我	he	
tú 你	has	
él / ella / usted 他 / 她 / 您	ha	+ 動詞的過去分詞變化 （Participio pasado）
nosotros / nosotras 我們（男性）/ 我們（女性）	hemos	
vosotros / vosotras 你們（男性）/ 妳們（女性）	habéis	
ellos / ellas / ustedes 他們 / 她們 / 您們	han	

三組規則變化的西語動詞，搭配不同人稱代名詞的過去分詞變化如下表：

主詞	動詞字尾是 ar	動詞字尾是 er	動詞字尾是 ir
yo 我	-ado	-ido	-ido
tú 你	-ado	-ido	-ido
él / ella / usted 他 / 她 / 您	-ado	-ido	-ido
nosotros / nosotras 我們（男性）/ 我們（女性）	-ado	-ido	-ido
vosotros / vosotras 你們（男性）/ 妳們（女性）	-ado	-ido	-ido
ellos / ellas / ustedes 他們 / 她們 / 您們	-ado	-ido	-ido

基礎篇

現在完成時的用法如下：

1 表達剛做完的動作或不久前完成的動作。

現在完成時常和下列時間用語一起使用：「hoy」（今天）、「esta mañana / esta tarde / esta noche」（今天早上 / 下午 / 晚上）、「este fin de semana」（這個週末）、「esta semana」（這個星期）、「este mes」（這個月）、「esta primavera」（這個春天）、「este verano」（這個夏天）、「este otoño」（這個秋天）、「este invierno」（這個冬天）、「este año」（今年）、「hace~segundos / minutos / horas」（多少秒 / 分鐘 / 小時以前）、「ya」（已經）、「alguna vez」（某次、曾）。

例句：

Yo le he dado los documentos a tu compañero.
（我已經把文件給你的同事了。）

2 表達過去的經驗和動作。

例句：

Ellos ya han visitado ese templo.

（他們已經參觀過那座寺廟了。）

3 和「aún no」（尚未）、「todavía no」（尚未）一起使用，表達還沒發生，但是有意要做的動作。

例句：

Nosotros todavía no le hemos dicho la buena noticia.

（我們還沒告訴他好消息。）

過去時 Pretérito Indefinido

三組規則變化的西語動詞，搭配不同人稱代名詞的過去時變化如下表：

主詞	動詞字尾是 ar	動詞字尾是 er	動詞字尾是 ir
yo 我	-é	-í	-í
tú 你	-aste	-iste	-iste
él / ella / usted 他 / 她 / 您	-ó	-ió	-ió
nosotros / nosotras 我們（男性）/ 我們（女性）	-amos	-imos	-imos
vosotros / vosotras 你們（男性）/ 妳們（女性）	-asteis	-isteis	-isteis
ellos / ellas / ustedes 他們 / 她們 / 您們	-aron	-ieron	-ieron

過去時的用法如下：

1 表達過去發生的動作或事件，或是提供過去特定時刻發生的事件資訊。

過去時常和下列時間用語一起使用：「anoche」（昨晚）、「ayer」（昨天）、「anteayer」（前天）、「la semana pasada」（上個星期）、「el mes pasado」（上個月）、「el año pasado」（去年）、「el semestre pasado」（上個學期）、「el otro día」（過去的某一天）。

例句：

Ellos abrieron sus regalos de navidad en la sala.
（他們在客廳打開了他們的聖誕節禮物。）

Mi hermana aprendió alemán en la universidad.
（我的妹妹在大學學習過德語。）

Los mariachis cantaron en la plaza ayer.
（那些墨西哥樂隊歌手昨天在廣場唱歌。）

Mi hermano comió una hamburguesa y unas papas fritas en el restaurante.
（我的弟弟在餐廳吃了一個漢堡和一些薯條。）

基礎篇

2 評估過去的事件。

例句：

Yo amé mucho a ese chico antes.

（我以前非常愛那個男孩。）

Esta fiesta fue muy alegre.

（這個派對很快樂。）

未來時 Futuro Imperfecto

三組規則變化的西語動詞,搭配不同人稱代名詞的未來時變化如下表:

主詞	動詞字尾是 ar	動詞字尾是 er	動詞字尾是 ir
yo 我	-é	-é	-é
tú 你	-ás	-ás	-ás
él / ella / usted 他 / 她 / 您	-á	-á	-á
nosotros / nosotras 我們(男性)/ 我們(女性)	-emos	-emos	-emos
vosotros / vosotras 你們(男性)/ 妳們(女性)	-éis	-éis	-éis
ellos / ellas / ustedes 他們 / 她們 / 您們	-án	-án	-án

基礎篇

未來時的用法如下：

1 表達未來發生的動作。

未來時常和下列時間用語一起使用：「mañana」（明天）、「mañana por la mañana / mañana por la tarde / mañana por la noche」（明天早上 / 明天中午 / 明天晚上）、「pasado mañana」（後天）、「la próxima semana / la semana que viene」（下個星期）、「el próximo mes / el mes que viene」（下個月）、「el próximo año / el año que viene」（明年）、「el próximo semestre / el semestre que viene」（下個學期）、「dentro de ~ semana / mes / año」（多少星期 / 月 / 年內）。

例句：

Ustedes aprenderán chino el próximo año.

（您們明年會學習中文。）

Mi hermana bailará en el Teatro Nacional el próximo año.

（我的妹妹明年會在國家劇院跳舞。）

Ellos caminarán alrededor de tres kilómetros mañana.

（他們明天會走三公里左右。）

Shakira cantará en Asia el próximo año.

（夏奇拉明年會在亞洲演唱。）

¿Dónde almorzarás este sábado?

（這個星期六你會在哪裡吃午餐？）

Almorzaré con mi novia en un restaurante francés.

（我會在一家法國餐廳跟我的女朋友吃午餐。）

Memo

動詞篇

　　精選 80 個生活中必備、最實用的西語動詞，依照 A～V 順序排列，方便查詢。
　　動詞皆依照「八大主詞 × 五大時態」變化編寫，搭配易懂又實用的生活例句，不但可以將用法融會貫通，還能增加造句和會話能力。

動詞篇01

Abrir 開

現在時 Presente

用法 表達「頻繁發生的事件」或「現在發生」的動作。

主詞		動詞變化
yo	我	**abro**
tú / vos	你	**abres / abrís**
usted	您	**abre**
él / ella	他 / 她	**abre**
nosotros (as)	我們	**abrimos**
vosotros (as)	你們	**abrís**
ustedes	您們	**abren**
ellos / ellas	他們 / 她們	**abren**

現在進行時　Gerundio

用法　表達「正在進行」的動作。

主詞		動詞變化	
yo	我	estoy	abriendo
tú / vos	你	estás	abriendo
usted	您	está	abriendo
él / ella	他 / 她	está	abriendo
nosotros (as)	我們	estamos	abriendo
vosotros (as)	你們	estáis	abriendo
ustedes	您們	están	abriendo
ellos / ellas	他們 / 她們	están	abriendo

現在完成時　Pretérito Perfecto

用法　表達「剛做完」或「不久前完成」的動作。

主詞		動詞變化	
yo	我	he	abierto
tú / vos	你	has	abierto
usted	您	ha	abierto
él / ella	他 / 她	ha	abierto
nosotros (as)	我們	hemos	abierto
vosotros (as)	你們	habéis	abierto
ustedes	您們	han	abierto
ellos / ellas	他們 / 她們	han	abierto

過去時　Pretérito Indefinido

用法　表達「過去發生」的動作。

主詞		動詞變化
yo	我	**abrí**
tú / vos	你	**abriste**
usted	您	**abrió**
él / ella	他 / 她	**abrió**
nosotros (as)	我們	**abrimos**
vosotros (as)	你們	**abristeis**
ustedes	您們	**abrieron**
ellos / ellas	他們 / 她們	**abrieron**

未來時　Futuro Imperfecto

用法　表達「未來發生」的動作。

主詞		動詞變化
yo	我	**abriré**
tú / vos	你	**abrirás**
usted	您	**abrirá**
él / ella	他 / 她	**abrirá**
nosotros (as)	我們	**abriremos**
vosotros (as)	你們	**abriréis**
ustedes	您們	**abrirán**
ellos / ellas	他們 / 她們	**abrirán**

你可以這樣說 ¡A practicar!

▶ **El centro comercial abre todos los días.**
百貨公司每天開門。（現在時）

▶ **Ellos abrieron sus regalos de Navidad en la sala.**
他們在客廳打開了他們的聖誕節禮物。（過去時）

西語會話開口說 ¡A hablar!

A ¿Por qué has abierto la puerta?
你為什麼打開了門？（現在完成時）

B Porque hace mucho calor.
因為很熱。

動詞篇02

Almorzar 吃午餐

現在時 Presente

用法 表達「頻繁發生的事件」或「現在發生」的動作。

主詞		動詞變化
yo	我	almuerzo
tú / vos	你	almuerzas / almorzás
usted	您	almuerza
él / ella	他 / 她	almuerza
nosotros (as)	我們	almorzamos
vosotros (as)	你們	almorzáis
ustedes	您們	almuerzan
ellos / ellas	他們 / 她們	almuerzan

現在進行時　Gerundio

用法　表達「正在進行」的動作。

主詞		動詞變化	
yo	我	estoy	almorzando
tú / vos	你	estás	almorzando
usted	您	está	almorzando
él / ella	他 / 她	está	almorzando
nosotros (as)	我們	estamos	almorzando
vosotros (as)	你們	estáis	almorzando
ustedes	您們	están	almorzando
ellos / ellas	他們 / 她們	están	almorzando

現在完成時　Pretérito Perfecto

用法　表達「剛做完」或「不久前完成」的動作。

主詞		動詞變化	
yo	我	he	almorzado
tú / vos	你	has	almorzado
usted	您	ha	almorzado
él / ella	他 / 她	ha	almorzado
nosotros (as)	我們	hemos	almorzado
vosotros (as)	你們	habéis	almorzado
ustedes	您們	han	almorzado
ellos / ellas	他們 / 她們	han	almorzado

過去時　Pretérito Indefinido

用法 表達「過去發生」的動作。

主詞		動詞變化
yo	我	almorcé
tú / vos	你	almorzaste
usted	您	almorzó
él / ella	他 / 她	almorzó
nosotros (as)	我們	almorzamos
vosotros (as)	你們	almorzasteis
ustedes	您們	almorzaron
ellos / ellas	他們 / 她們	almorzaron

未來時　Futuro Imperfecto

用法 表達「未來發生」的動作。

主詞		動詞變化
yo	我	almorzaré
tú / vos	你	almorzarás
usted	您	almorzará
él / ella	他 / 她	almorzará
nosotros (as)	我們	almorzaremos
vosotros (as)	你們	almorzaréis / almorzarán
ustedes	您們	almorzarán
ellos / ellas	他們 / 她們	almorzarán

你可以這樣說 ¡A practicar!

▶ **Ya hemos almorzado. ¡Muchas gracias!**
我們已經吃過午餐了。非常感謝！（現在完成時）

▶ **Mis hijos almorzarán en la casa de sus amigos.**
我的兒女們會在他們朋友的家吃午餐。（未來時）

西語會話開口說 ¡A hablar!

A ¿Dónde almorzarás este sábado?
這個星期六你會在哪裡吃午餐？（未來時）

B Almorzaré con mi novia en un restaurante francés.
我會在一家法國餐廳跟我的女朋友吃午餐。（未來時）

動詞篇03

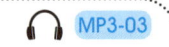

Amar 愛

現在時 Presente

用法 表達「頻繁發生的事件」或「現在發生」的動作。

主詞		動詞變化
yo	我	amo
tú / vos	你	amas / amás
usted	您	ama
él / ella	他 / 她	ama
nosotros (as)	我們	amamos
vosotros (as)	你們	amáis
ustedes	您們	aman
ellos / ellas	他們 / 她們	aman

現在進行時　Gerundio

用法 表達「正在進行」的動作。

主詞		動詞變化	
yo	我	estoy	amando
tú / vos	你	estás	amando
usted	您	está	amando
él / ella	他 / 她	está	amando
nosotros (as)	我們	estamos	amando
vosotros (as)	你們	estáis	amando
ustedes	您們	están	amando
ellos / ellas	他們 / 她們	están	amando

現在完成時　Pretérito Perfecto

用法 表達「剛做完」或「不久前完成」的動作。

主詞		動詞變化	
yo	我	he	amado
tú / vos	你	has	amado
usted	您	ha	amado
él / ella	他 / 她	ha	amado
nosotros (as)	我們	hemos	amado
vosotros (as)	你們	habéis	amado
ustedes	您們	han	amado
ellos / ellas	他們 / 她們	han	amado

過去時　Pretérito Indefinido

用法 表達「過去發生」的動作。

主詞		動詞變化
yo	我	amé
tú / vos	你	amaste
usted	您	amó
él / ella	他 / 她	amó
nosotros (as)	我們	amamos
vosotros (as)	你們	amasteis
ustedes	您們	amaron
ellos / ellas	他們 / 她們	amaron

未來時　Futuro Imperfecto

用法 表達「未來發生」的動作。

主詞		動詞變化
yo	我	amaré
tú / vos	你	amarás
usted	您	amará
él / ella	他 / 她	amará
nosotros (as)	我們	amaremos
vosotros (as)	你們	amaréis
ustedes	您們	amarán
ellos / ellas	他們 / 她們	amarán

你可以這樣說 ¡A practicar!

▶ **Yo amé mucho a ese chico antes.**
我以前非常愛那個男孩。（過去時）

▶ **Mi primo ama la música salsa.**
我的表弟愛騷莎音樂。（現在時）

西語會話開口說 ¡A hablar!

A **Te amo mucho.**
我非常愛你。（現在時）

B **Yo también.**
我也是。

Apagar 關

動詞篇 04　MP3-04

現在時　Presente

用法 表達「頻繁發生的事件」或「現在發生」的動作。

主詞		動詞變化
yo	我	**apago**
tú / vos	你	**apagas / apagás**
usted	您	**apaga**
él / ella	他 / 她	**apaga**
nosotros (as)	我們	**apagamos**
vosotros (as)	你們	**apagáis**
ustedes	您們	**apagan**
ellos / ellas	他們 / 她們	**apagan**

現在進行時　Gerundio

用法　表達「正在進行」的動作。

主詞		動詞變化	
yo	我	estoy	apagando
tú / vos	你	estás	apagando
usted	您	está	apagando
él / ella	他 / 她	está	apagando
nosotros (as)	我們	estamos	apagando
vosotros (as)	你們	estáis	apagando
ustedes	您們	están	apagando
ellos / ellas	他們 / 她們	están	apagando

現在完成時　Pretérito Perfecto

用法　表達「剛做完」或「不久前完成」的動作。

主詞		動詞變化	
yo	我	he	apagado
tú / vos	你	has	apagado
usted	您	ha	apagado
él / ella	他 / 她	ha	apagado
nosotros (as)	我們	hemos	apagado
vosotros (as)	你們	habéis	apagado
ustedes	您們	han	apagado
ellos / ellas	他們 / 她們	han	apagado

過去時　Pretérito Indefinido

用法 表達「過去發生」的動作。

主詞		動詞變化
yo	我	**apagué**
tú / vos	你	**apagaste**
usted	您	**apagó**
él / ella	他 / 她	**apagó**
nosotros (as)	我們	**apagamos**
vosotros (as)	你們	**apagasteis**
ustedes	您們	**apagaron**
ellos / ellas	他們 / 她們	**apagaron**

未來時　Futuro Imperfecto

用法 表達「未來發生」的動作。

主詞		動詞變化
yo	我	**apagaré**
tú / vos	你	**apagarás**
usted	您	**apagará**
él / ella	他 / 她	**apagará**
nosotros (as)	我們	**apagaremos**
vosotros (as)	你們	**apagaréis**
ustedes	您們	**apagarán**
ellos / ellas	他們 / 她們	**apagarán**

你可以這樣說 ¡A practicar!

▶ **Aquellos estudiantes han apagado los ordenadores de la clase.**
那些學生關掉了教室裡的電腦。（現在完成時）

▶ **Mi madre apagará el aire acondicionado mañana por la mañana.**
我的媽媽明天早上會關掉冷氣。（未來時）

西語會話開口說 ¡A hablar!

A ¿Quién apagó la lámpara anoche?
誰昨天晚上關了檯燈。（過去時）

B Mi hermana.
我的姊姊 / 妹妹。

動詞篇05

Aprender 學習

MP3-05

現在時 Presente

用法 表達「頻繁發生的事件」或「現在發生」的動作。

主詞		動詞變化
yo	我	aprendo
tú / vos	你	aprendes / aprendés
usted	您	aprende
él / ella	他 / 她	aprende
nosotros (as)	我們	aprendemos
vosotros (as)	你們	aprendéis
ustedes	您們	aprenden
ellos / ellas	他們 / 她們	aprenden

現在進行時　Gerundio

用法 表達「正在進行」的動作。

主詞		動詞變化	
yo	我	estoy	aprendiendo
tú / vos	你	estás	aprendiendo
usted	您	está	aprendiendo
él / ella	他 / 她	está	aprendiendo
nosotros (as)	我們	estamos	aprendiendo
vosotros (as)	你們	estáis	aprendiendo
ustedes	您們	están	aprendiendo
ellos / ellas	他們 / 她們	están	aprendiendo

現在完成時　Pretérito Perfecto

用法 表達「剛做完」或「不久前完成」的動作。

主詞		動詞變化	
yo	我	he	aprendido
tú / vos	你	has	aprendido
usted	您	ha	aprendido
él / ella	他 / 她	ha	aprendido
nosotros (as)	我們	hemos	aprendido
vosotros (as)	你們	habéis	aprendido
ustedes	您們	han	aprendido
ellos / ellas	他們 / 她們	han	aprendido

過去時　Pretérito Indefinido

用法　表達「過去發生」的動作。

主詞		動詞變化
yo	我	aprendí
tú / vos	你	aprendiste
usted	您	aprendió
él / ella	他 / 她	aprendió
nosotros (as)	我們	aprendimos
vosotros (as)	你們	aprendisteis
ustedes	您們	aprendieron
ellos / ellas	他們 / 她們	aprendieron

未來時　Futuro Imperfecto

用法　表達「未來發生」的動作。

主詞		動詞變化
yo	我	aprenderé
tú / vos	你	aprenderás
usted	您	aprenderá
él / ella	他 / 她	aprenderá
nosotros (as)	我們	aprenderemos
vosotros (as)	你們	aprenderéis
ustedes	您們	aprenderán
ellos / ellas	他們 / 她們	aprenderán

你可以這樣說 ¡A practicar!

▶ Ustedes aprenderán chino el próximo año.
您們明年會學習中文。（未來時）

▶ Mi hermana aprendió alemán en la universidad.
我的妹妹在大學學習過德語。（過去時）

西語會話開口說 ¡A hablar!

A ¿Qué lenguas estás aprendiendo?
你正在學習什麼語言？（現在進行時）

B Yo estoy aprendiendo español.
我正在學習西班牙語。（現在進行時）

動詞篇06

Ayudar 幫忙

MP3-06

現在時 Presente

用法 表達「頻繁發生的事件」或「現在發生」的動作。

主詞		動詞變化
yo	我	**ayudo**
tú / vos	你	**ayudas / ayudás**
usted	您	**ayuda**
él / ella	他 / 她	**ayuda**
nosotros (as)	我們	**ayudamos**
vosotros (as)	你們	**ayudáis**
ustedes	您們	**ayudan**
ellos / ellas	他們 / 她們	**ayudan**

現在進行時　Gerundio

用法　表達「正在進行」的動作。

主詞		動詞變化	
yo	我	estoy	ayudando
tú / vos	你	estás	ayudando
usted	您	está	ayudando
él / ella	他 / 她	está	ayudando
nosotros (as)	我們	estamos	ayudando
vosotros (as)	你們	estáis	ayudando
ustedes	您們	están	ayudando
ellos / ellas	他們 / 她們	están	ayudando

現在完成時　Pretérito Perfecto

用法　表達「剛做完」或「不久前完成」的動作。

主詞		動詞變化	
yo	我	he	ayudado
tú / vos	你	has	ayudado
usted	您	ha	ayudado
él / ella	他 / 她	ha	ayudado
nosotros (as)	我們	hemos	ayudado
vosotros (as)	你們	habéis	ayudado
ustedes	您們	han	ayudado
ellos / ellas	他們 / 她們	han	ayudado

過去時　Pretérito Indefinido

用法 表達「過去發生」的動作。

主詞		動詞變化
yo	我	ayudé
tú / vos	你	ayudaste
usted	您	ayudó
él / ella	他 / 她	ayudó
nosotros (as)	我們	ayudamos
vosotros (as)	你們	ayudasteis
ustedes	您們	ayudaron
ellos / ellas	他們 / 她們	ayudaron

未來時　Futuro Imperfecto

用法 表達「未來發生」的動作。

主詞		動詞變化
yo	我	ayudaré
tú / vos	你	ayudarás
usted	您	ayudará
él / ella	他 / 她	ayudará
nosotros (as)	我們	ayudaremos
vosotros (as)	你們	ayudaréis
ustedes	您們	ayudarán
ellos / ellas	他們 / 她們	ayudarán

你可以這樣說 ¡A practicar!

▶ Mi hermana le está ayudando a mi abuela.
我的姊姊正在幫忙我的奶奶。（現在進行時）

▶ Aquellos policías nos ayudaron ayer.
那些警察昨天幫了我們。（過去時）

西語會話開口說 ¡A hablar!

A ¿Puede usted ayudarme?
您可以幫我嗎？（現在時）

小提醒：本句為「動詞 Poder ＋原形動詞」的用法，「ayudarme」字尾的「me」則是受詞，更多文法說明請參考《NUEVO AMIGO 西班牙 A1》。

B Con mucho gusto.
我的榮幸。

動詞篇 07

Bailar 跳舞

MP3-07

現在時 Presente

用法 表達「頻繁發生的事件」或「現在發生」的動作。

主詞		動詞變化
yo	我	**bailo**
tú / vos	你	**bailas / bailás**
usted	您	**baila**
él / ella	他 / 她	**baila**
nosotros (as)	我們	**bailamos**
vosotros (as)	你們	**bailáis**
ustedes	您們	**bailan**
ellos / ellas	他們 / 她們	**bailan**

現在進行時　Gerundio

用法 表達「正在進行」的動作。

主詞		動詞變化	
yo	我	estoy	bailando
tú / vos	你	estás	bailando
usted	您	está	bailando
él / ella	他 / 她	está	bailando
nosotros (as)	我們	estamos	bailando
vosotros (as)	你們	estáis	bailando
ustedes	您們	están	bailando
ellos / ellas	他們 / 她們	están	bailando

現在完成時　Pretérito Perfecto

用法 表達「剛做完」或「不久前完成」的動作。

主詞		動詞變化	
yo	我	he	bailado
tú / vos	你	has	bailado
usted	您	ha	bailado
él / ella	他 / 她	ha	bailado
nosotros (as)	我們	hemos	bailado
vosotros (as)	你們	habéis	bailado
ustedes	您們	han	bailado
ellos / ellas	他們 / 她們	han	bailado

過去時　Pretérito Indefinido

用法　表達「過去發生」的動作。

主詞		動詞變化
yo	我	bailé
tú / vos	你	bailaste
usted	您	bailó
él / ella	他 / 她	bailó
nosotros (as)	我們	bailamos
vosotros (as)	你們	bailasteis
ustedes	您們	bailaron
ellos / ellas	他們 / 她們	bailaron

未來時　Futuro Imperfecto

用法　表達「未來發生」的動作。

主詞		動詞變化
yo	我	bailaré
tú / vos	你	bailarás
usted	您	bailará
él / ella	他 / 她	bailará
nosotros (as)	我們	bailaremos
vosotros (as)	你們	bailaréis
ustedes	您們	bailarán
ellos / ellas	他們 / 她們	bailarán

你可以這樣說 ¡A practicar!

▶ **Nosotros bailamos en la discoteca anoche.**
我們昨天晚上在迪斯可舞廳跳舞。（過去時）

▶ **Mi hermana bailará en el Teatro Nacional el próximo año.**
我的妹妹明年會在國家劇院跳舞。（未來時）

西語會話開口說 ¡A hablar!

A **¿Con quién bailarás en la fiesta?**
你會跟誰在派對上跳舞？（未來時）

B **Con mi novio.**
跟我的男朋友。

59

動詞篇08

Bañarse 洗澡

MP3-08

現在時 Presente

用法 表達「頻繁發生的事件」或「現在發生」的動作。

主詞		動詞變化
yo	我	me baño
tú / vos	你	te bañas / te bañás
usted	您	se baña
él / ella	他 / 她	se baña
nosotros (as)	我們	nos bañamos
vosotros (as)	你們	os bañáis
ustedes	您們	se bañan
ellos / ellas	他們 / 她們	se bañan

現在進行時　Gerundio

用法　表達「正在進行」的動作。

主詞		動詞變化	
yo	我	me estoy	bañando
tú / vos	你	te estás	bañando
usted	您	se está	bañando
él / ella	他 / 她	se está	bañando
nosotros (as)	我們	nos estamos	bañando
vosotros (as)	你們	os estáis	bañando
ustedes	您們	se están	bañando
ellos / ellas	他們 / 她們	se están	bañando

現在完成時　Pretérito Perfecto

用法　表達「剛做完」或「不久前完成」的動作。

主詞		動詞變化	
yo	我	me he	bañado
tú / vos	你	te has	bañado
usted	您	se ha	bañado
él / ella	他 / 她	se ha	bañado
nosotros (as)	我們	nos hemos	bañado
vosotros (as)	你們	os habéis	bañado
ustedes	您們	se han	bañado
ellos / ellas	他們 / 她們	se han	bañado

過去時　Pretérito Indefinido

用法　表達「過去發生」的動作。

主詞		動詞變化
yo	我	me bañé
tú / vos	你	te bañaste
usted	您	se bañó
él / ella	他 / 她	se bañó
nosotros (as)	我們	nos bañamos
vosotros (as)	你們	os bañasteis
ustedes	您們	se bañaron
ellos / ellas	他們 / 她們	se bañaron

未來時　Futuro Imperfecto

用法　表達「未來發生」的動作。

主詞		動詞變化
yo	我	me bañaré
tú / vos	你	te bañarás
usted	您	se bañará
él / ella	他 / 她	se bañará
nosotros (as)	我們	nos bañaremos
vosotros (as)	你們	os bañaréis
ustedes	您們	se bañarán
ellos / ellas	他們 / 她們	se bañarán

你可以這樣說 ¡A practicar!

▶ **Estos chicos no se bañaron ayer**
這些男孩昨天沒有洗澡。（過去時）

▶ **Mi abuelo se está bañando ahora.**
我的爺爺現在正在洗澡。（現在進行時）

西語會話開口說 ¡A hablar!

A **¿Cuándo te bañarás?**
你何時會去洗澡？（未來時）

B **En diez minutos.**
十分鐘後。

動詞篇 09

Beber 喝

MP3-09

現在時 Presente

用法 表達「頻繁發生的事件」或「現在發生」的動作。

主詞		動詞變化
yo	我	**bebo**
tú / vos	你	**bebes / bebés**
usted	您	**bebe**
él / ella	他 / 她	**bebe**
nosotros (as)	我們	**bebemos**
vosotros (as)	你們	**bebéis**
ustedes	您們	**beben**
ellos / ellas	他們 / 她們	**beben**

現在進行時　Gerundio

用法　表達「正在進行」的動作。

主詞		動詞變化	
yo	我	estoy	bebiendo
tú / vos	你	estás	bebiendo
usted	您	está	bebiendo
él / ella	他 / 她	está	bebiendo
nosotros (as)	我們	estamos	bebiendo
vosotros (as)	你們	estáis	bebiendo
ustedes	您們	están	bebiendo
ellos / ellas	他們 / 她們	están	bebiendo

現在完成時　Pretérito Perfecto

用法　表達「剛做完」或「不久前完成」的動作。

主詞		動詞變化	
yo	我	he	bebido
tú / vos	你	has	bebido
usted	您	ha	bebido
él / ella	他 / 她	ha	bebido
nosotros (as)	我們	hemos	bebido
vosotros (as)	你們	habéis	bebido
ustedes	您們	han	bebido
ellos / ellas	他們 / 她們	han	bebido

過去時　Pretérito Indefinido

用法　表達「過去發生」的動作。

主詞		動詞變化
yo	我	bebí
tú / vos	你	bebiste
usted	您	bebió
él / ella	他 / 她	bebió
nosotros (as)	我們	bebimos
vosotros (as)	你們	bebisteis
ustedes	您們	bebieron
ellos / ellas	他們 / 她們	bebieron

未來時　Futuro Imperfecto

用法　表達「未來發生」的動作。

主詞		動詞變化
yo	我	beberé
tú / vos	你	beberás
usted	您	beberá
él / ella	他 / 她	beberá
nosotros (as)	我們	beberemos
vosotros (as)	你們	beberéis
ustedes	您們	beberán
ellos / ellas	他們 / 她們	beberán

你可以這樣說 ¡A practicar!

▶ Yo bebo un vaso de café con leche todas las mañanas.

我每天早上喝一杯咖啡加牛奶。（現在時）

▶ Este chico está bebiendo un vaso de zumo de naranja.

這個年輕人正在喝一杯柳橙汁。（現在進行時）

西語會話開口說 ¡A hablar!

A ¿Qué bebiste en la fiesta?

你在派對喝了什麼？（過去時）

B Yo bebí una copa de vino.

我喝了一杯紅酒。（過去時）

Buscar 找

動詞篇 10
MP3-10

現在時 Presente

用法 表達「頻繁發生的事件」或「現在發生」的動作。

主詞		動詞變化
yo	我	busco
tú / vos	你	buscas / buscás
usted	您	busca
él / ella	他 / 她	busca
nosotros (as)	我們	buscamos
vosotros (as)	你們	buscáis
ustedes	您們	buscan
ellos / ellas	他們 / 她們	buscan

現在進行時　Gerundio

用法　表達「正在進行」的動作。

主詞		動詞變化	
yo	我	estoy	buscando
tú / vos	你	estás	buscando
usted	您	está	buscando
él / ella	他 / 她	está	buscando
nosotros (as)	我們	estamos	buscando
vosotros (as)	你們	estáis	buscando
ustedes	您們	están	buscando
ellos / ellas	他們 / 她們	están	buscando

現在完成時　Pretérito Perfecto

用法　表達「剛做完」或「不久前完成」的動作。

主詞		動詞變化	
yo	我	he	buscado
tú / vos	你	has	buscado
usted	您	ha	buscado
él / ella	他 / 她	ha	buscado
nosotros (as)	我們	hemos	buscado
vosotros (as)	你們	habéis	buscado
ustedes	您們	han	buscado
ellos / ellas	他們 / 她們	han	buscado

過去時　Pretérito Indefinido

用法　表達「過去發生」的動作。

主詞		動詞變化
yo	我	busqué
tú / vos	你	buscaste
usted	您	buscó
él / ella	他 / 她	buscó
nosotros (as)	我們	buscamos
vosotros (as)	你們	buscasteis
ustedes	您們	buscaron
ellos / ellas	他們 / 她們	buscaron

未來時　Futuro Imperfecto

用法　表達「未來發生」的動作。

主詞		動詞變化
yo	我	buscaré
tú / vos	你	buscarás
usted	您	buscará
él / ella	他 / 她	buscará
nosotros (as)	我們	buscaremos
vosotros (as)	你們	buscaréis
ustedes	您們	buscarán
ellos / ellas	他們 / 她們	buscarán

你可以這樣說 ¡A practicar!

▶ Yo estoy buscando la palabra en el diccionario.
我正在字典裡找這個單字。（現在進行時）

▶ Nosotros te buscamos por todas partes.
我們到處找你。（過去時）

西語會話開口說 ¡A hablar!

A ¿Qué estás buscando en el mapa?
你正在地圖找什麼？（現在進行時）

B Estoy buscando el Museo Nacional.
我正在找國家博物館。（現在進行時）

Caminar 走路

動詞篇 11

MP3-11

現在時 Presente

用法 表達「頻繁發生的事件」或「現在發生」的動作。

主詞		動詞變化
yo	我	camino
tú / vos	你	caminas / caminás
usted	您	camina
él / ella	他 / 她	camina
nosotros (as)	我們	caminamos
vosotros (as)	你們	camináis
ustedes	您們	caminan
ellos / ellas	他們 / 她們	caminan

現在進行時　Gerundio

用法　表達「正在進行」的動作。

主詞		動詞變化	
yo	我	estoy	caminando
tú / vos	你	estás	caminando
usted	您	está	caminando
él / ella	他 / 她	está	caminando
nosotros (as)	我們	estamos	caminando
vosotros (as)	你們	estáis	caminando
ustedes	您們	están	caminando
ellos / ellas	他們 / 她們	están	caminando

現在完成時　Pretérito Perfecto

用法　表達「剛做完」或「不久前完成」的動作。

主詞		動詞變化	
yo	我	he	caminado
tú / vos	你	has	caminado
usted	您	ha	caminado
él / ella	他 / 她	ha	caminado
nosotros (as)	我們	hemos	caminado
vosotros (as)	你們	habéis	caminado
ustedes	您們	han	caminado
ellos / ellas	他們 / 她們	han	caminado

過去時　Pretérito Indefinido

用法　表達「過去發生」的動作。

主詞		動詞變化
yo	我	caminé
tú / vos	你	caminaste
usted	您	caminó
él / ella	他 / 她	caminó
nosotros (as)	我們	caminamos
vosotros (as)	你們	caminasteis
ustedes	您們	caminaron
ellos / ellas	他們 / 她們	caminaron

未來時　Futuro Imperfecto

用法　表達「未來發生」的動作。

主詞		動詞變化
yo	我	caminaré
tú / vos	你	caminarás
usted	您	caminará
él / ella	他 / 她	caminará
nosotros (as)	我們	caminaremos
vosotros (as)	你們	caminaréis
ustedes	您們	caminarán
ellos / ellas	他們 / 她們	caminarán

你可以這樣說 ¡A practicar!

▶ Mi abuelo camina por el parque todos los días.
我的爺爺每天在公園走路。（現在時）

▶ Ellos caminarán alrededor de tres kilómetros mañana.
他們明天大約會走三公里。（未來時）

西語會話開口說 ¡A hablar!

A ¿Hacia dónde caminamos ahora?
我們現在往哪裡走？（現在時）

B Caminamos hacia la playa.
我們現在往海灘走。（現在時）

動詞篇⑫

Cantar 唱歌

🎧 MP3-12

現在時 Presente

用法 表達「頻繁發生的事件」或「現在發生」的動作。

主詞		動詞變化
yo	我	canto
tú / vos	你	cantas / cantás
usted	您	canta
él / ella	他 / 她	canta
nosotros (as)	我們	cantamos
vosotros (as)	你們	cantáis
ustedes	您們	cantan
ellos / ellas	他們 / 她們	cantan

現在進行時　Gerundio

用法　表達「正在進行」的動作。

主詞		動詞變化	
yo	我	estoy	cantando
tú / vos	你	estás	cantando
usted	您	está	cantando
él / ella	他 / 她	está	cantando
nosotros (as)	我們	estamos	cantando
vosotros (as)	你們	estáis	cantando
ustedes	您們	están	cantando
ellos / ellas	他們 / 她們	están	cantando

現在完成時　Pretérito Perfecto

用法　表達「剛做完」或「不久前完成」的動作。

主詞		動詞變化	
yo	我	he	cantado
tú / vos	你	has	cantado
usted	您	ha	cantado
él / ella	他 / 她	ha	cantado
nosotros (as)	我們	hemos	cantado
vosotros (as)	你們	habéis	cantado
ustedes	您們	han	cantado
ellos / ellas	他們 / 她們	han	cantado

過去時　Pretérito Indefinido

用法　表達「過去發生」的動作。

主詞		動詞變化
yo	我	canté
tú / vos	你	cantaste
usted	您	cantó
él / ella	他 / 她	cantó
nosotros (as)	我們	cantamos
vosotros (as)	你們	cantasteis
ustedes	您們	cantaron
ellos / ellas	他們 / 她們	cantaron

未來時　Futuro Imperfecto

用法　表達「未來發生」的動作。

主詞		動詞變化
yo	我	cantaré
tú / vos	你	cantarás
usted	您	cantará
él / ella	他 / 她	cantará
nosotros (as)	我們	cantaremos
vosotros (as)	你們	cantaréis
ustedes	您們	cantarán
ellos / ellas	他們 / 她們	cantarán

你可以這樣說 ¡A practicar!

▶ **Los mariachis cantaron en la plaza ayer.**
那些墨西哥樂隊歌手昨天在廣場唱歌。（過去時）

▶ **Shakira cantará en Asia el próximo año.**
夏奇拉（Shakira）明年會在亞洲演唱。（未來時）

西語會話開口說 ¡A hablar!

A ¿Dónde están cantando los niños?
小孩們正在哪裡唱歌？（現在進行時）

B Ellos están cantando en la escuela.
他們正在學校唱歌。（現在進行時）

動詞篇 13

Cenar 吃晚餐

MP3-13

現在時 Presente

用法 表達「頻繁發生的事件」或「現在發生」的動作。

主詞		動詞變化
yo	我	ceno
tú / vos	你	cenas / cenás
usted	您	cena
él / ella	他 / 她	cena
nosotros (as)	我們	cenamos
vosotros (as)	你們	cenáis
ustedes	您們	cenan
ellos / ellas	他們 / 她們	cenan

現在進行時　Gerundio

用法　表達「正在進行」的動作。

主詞		動詞變化	
yo	我	estoy	cenando
tú / vos	你	estás	cenando
usted	您	está	cenando
él / ella	他 / 她	está	cenando
nosotros (as)	我們	estamos	cenando
vosotros (as)	你們	estáis	cenando
ustedes	您們	están	cenando
ellos / ellas	他們 / 她們	están	cenando

現在完成時　Pretérito Perfecto

用法　表達「剛做完」或「不久前完成」的動作。

主詞		動詞變化	
yo	我	he	cenado
tú / vos	你	has	cenado
usted	您	ha	cenado
él / ella	他 / 她	ha	cenado
nosotros (as)	我們	hemos	cenado
vosotros (as)	你們	habéis	cenado
ustedes	您們	han	cenado
ellos / ellas	他們 / 她們	han	cenado

過去時　Pretérito Indefinido

用法 表達「過去發生」的動作。

主詞		動詞變化
yo	我	**cené**
tú / vos	你	**cenaste**
usted	您	**cenó**
él / ella	他 / 她	**cenó**
nosotros (as)	我們	**cenamos**
vosotros (as)	你們	**cenasteis**
ustedes	您們	**cenaron**
ellos / ellas	他們 / 她們	**cenaron**

未來時　Futuro Imperfecto

用法 表達「未來發生」的動作。

主詞		動詞變化
yo	我	**cenaré**
tú / vos	你	**cenarás**
usted	您	**cenará**
él / ella	他 / 她	**cenará**
nosotros (as)	我們	**cenaremos**
vosotros (as)	你們	**cenaréis**
ustedes	您們	**cenarán**
ellos / ellas	他們 / 她們	**cenarán**

你可以這樣說 ¡A practicar!

▶ **Mi padre ya ha cenado en la oficina.**
我的爸爸已經在辦公室吃過晚餐。（現在完成時）

▶ **Mi jefe está cenando con el cliente.**
我的老闆正在跟客戶吃晚餐。（現在進行時）

西語會話開口說 ¡A hablar!

A ¿Qué cenará?
您晚餐要吃什麼？（未來時）

B Yo cenaré ensalada, pollo asado y sopa.
我晚餐要吃沙拉、烤雞和湯。（未來時）

83

動詞篇14

Cerrar 關、關門、不營業

現在時 Presente

用法 表達「頻繁發生的事件」或「現在發生」的動作。

主詞		動詞變化
yo	我	cierro
tú / vos	你	cierras / cerrás
usted	您	cierra
él / ella	他 / 她	cierra
nosotros (as)	我們	cerramos
vosotros (as)	你們	cerráis
ustedes	您們	cierran
ellos / ellas	他們 / 她們	cierran

84

現在進行時 Gerundio

用法 表達「正在進行」的動作。

主詞		動詞變化	
yo	我	estoy	cerrando
tú / vos	你	estás	cerrando
usted	您	está	cerrando
él / ella	他 / 她	está	cerrando
nosotros (as)	我們	estamos	cerrando
vosotros (as)	你們	estáis	cerrando
ustedes	您們	están	cerrando
ellos / ellas	他們 / 她們	están	cerrando

現在完成時 Pretérito Perfecto

用法 表達「剛做完」或「不久前完成」的動作。

主詞		動詞變化	
yo	我	he	cerrado
tú / vos	你	has	cerrado
usted	您	ha	cerrado
él / ella	他 / 她	ha	cerrado
nosotros (as)	我們	hemos	cerrado
vosotros (as)	你們	habéis	cerrado
ustedes	您們	han	cerrado
ellos / ellas	他們 / 她們	han	cerrado

過去時　Pretérito Indefinido

用法　表達「過去發生」的動作。

主詞		動詞變化
yo	我	**cerré**
tú / vos	你	**cerraste**
usted	您	**cerró**
él / ella	他 / 她	**cerró**
nosotros (as)	我們	**cerramos**
vosotros (as)	你們	**cerrasteis**
ustedes	您們	**cerraron**
ellos / ellas	他們 / 她們	**cerraron**

未來時　Futuro Imperfecto

用法　表達「未來發生」的動作。

主詞		動詞變化
yo	我	**cerraré**
tú / vos	你	**cerrarás**
usted	您	**cerrará**
él / ella	他 / 她	**cerrará**
nosotros (as)	我們	**cerraremos**
vosotros (as)	你們	**cerraréis**
ustedes	您們	**cerrarán**
ellos / ellas	他們 / 她們	**cerrarán**

你可以這樣說 ¡A practicar!

▶ **El banco cierra a las 3 de la tarde.**
銀行下午 3 點關門。（現在時）

▶ **Ese supermercado cerró el año pasado.**
那家超級市場去年關門了。（過去時）

西語會話開口說 ¡A hablar!

A **¿Por qué cierras la ventana?**
為什麼妳關窗戶？（現在時）

B **Porque hace mucho viento.**
因為風很大。

動詞篇 15

Cocinar 煮

現在時 Presente

用法 表達「頻繁發生的事件」或「現在發生」的動作。

主詞		動詞變化
yo	我	cocino
tú / vos	你	cocinas / cocinás
usted	您	cocina
él / ella	他 / 她	cocina
nosotros (as)	我們	cocinamos
vosotros (as)	你們	cocináis
ustedes	您們	cocinan
ellos / ellas	他們 / 她們	cocinan

現在進行時 Gerundio

用法 表達「正在進行」的動作。

主詞		動詞變化	
yo	我	**estoy**	cocinando
tú / vos	你	**estás**	cocinando
usted	您	**está**	cocinando
él / ella	他 / 她	**está**	cocinando
nosotros (as)	我們	**estamos**	cocinando
vosotros (as)	你們	**estáis**	cocinando
ustedes	您們	**están**	cocinando
ellos / ellas	他們 / 她們	**están**	cocinando

現在完成時 Pretérito Perfecto

用法 表達「剛做完」或「不久前完成」的動作。

主詞		動詞變化	
yo	我	**he**	cocinado
tú / vos	你	**has**	cocinado
usted	您	**ha**	cocinado
él / ella	他 / 她	**ha**	cocinado
nosotros (as)	我們	**hemos**	cocinado
vosotros (as)	你們	**habéis**	cocinado
ustedes	您們	**han**	cocinado
ellos / ellas	他們 / 她們	**han**	cocinado

過去時　Pretérito Indefinido

用法　表達「過去發生」的動作。

主詞		動詞變化
yo	我	cociné
tú / vos	你	cocinaste
usted	您	cocinó
él / ella	他 / 她	cocinó
nosotros (as)	我們	cocinamos
vosotros (as)	你們	cocinasteis
ustedes	您們	cocinaron
ellos / ellas	他們 / 她們	cocinaron

未來時　Futuro Imperfecto

用法　表達「未來發生」的動作。

主詞		動詞變化
yo	我	cocinaré
tú / vos	你	cocinarás
usted	您	cocinará
él / ella	他 / 她	cocinará
nosotros (as)	我們	cocinaremos
vosotros (as)	你們	cocinaréis
ustedes	您們	cocinarán
ellos / ellas	他們 / 她們	cocinarán

你可以這樣說 ¡A practicar!

▶ Mi tía ha cocinado una sopa de verduras deliciosa.
我的阿姨煮好美味的蔬菜湯了。（現在完成時）

▶ Yo estoy cocinando una paella.
我正在煮一份西班牙海鮮燉飯。（現在進行時）

西語會話開口說 ¡A hablar!

A ¿Quién cocinó ayer?
誰昨天煮飯？（過去時）

B Mamá.
媽媽。

動詞篇 16

Coger 拿、搭乘、抓

MP3-16

現在時 Presente

用法 表達「頻繁發生的事件」或「現在發生」的動作。

主詞		動詞變化
yo	我	**cojo**
tú / vos	你	**coges / cogés**
usted	您	**coge**
él / ella	他 / 她	**coge**
nosotros (as)	我們	**cogemos**
vosotros (as)	你們	**cogéis**
ustedes	您們	**cogen**
ellos / ellas	他們 / 她們	**cogen**

現在進行時 Gerundio

用法 表達「正在進行」的動作。

主詞		動詞變化	
yo	我	estoy	cogiendo
tú / vos	你	estás	cogiendo
usted	您	está	cogiendo
él / ella	他 / 她	está	cogiendo
nosotros (as)	我們	estamos	cogiendo
vosotros (as)	你們	estáis	cogiendo
ustedes	您們	están	cogiendo
ellos / ellas	他們 / 她們	están	cogiendo

現在完成時 Pretérito Perfecto

用法 表達「剛做完」或「不久前完成」的動作。

主詞		動詞變化	
yo	我	he	cogido
tú / vos	你	has	cogido
usted	您	ha	cogido
él / ella	他 / 她	ha	cogido
nosotros (as)	我們	hemos	cogido
vosotros (as)	你們	habéis	cogido
ustedes	您們	han	cogido
ellos / ellas	他們 / 她們	han	cogido

過去時 Pretérito Indefinido

用法 表達「過去發生」的動作。

主詞		動詞變化
yo	我	**cogí**
tú / vos	你	**cogiste**
usted	您	**cogió**
él / ella	他 / 她	**cogió**
nosotros (as)	我們	**cogimos**
vosotros (as)	你們	**cogisteis**
ustedes	您們	**cogieron**
ellos / ellas	他們 / 她們	**cogieron**

未來時 Futuro Imperfecto

用法 表達「未來發生」的動作。

主詞		動詞變化
yo	我	**cogeré**
tú / vos	你	**cogerás**
usted	您	**cogerá**
él / ella	他 / 她	**cogerá**
nosotros (as)	我們	**cogeremos**
vosotros (as)	你們	**cogeréis**
ustedes	您們	**cogerán**
ellos / ellas	他們 / 她們	**cogerán**

你可以這樣說 ¡A practicar!

▶ Mi prima está cogiendo unas frutas frescas.
我的表妹正在拿一些新鮮的水果。（現在進行時）

▶ La policía ha cogido al ladrón.
警察抓了小偷。（現在完成時）

西語會話開口說 ¡A hablar!

A ¿A qué hora cogió el avión el ingeniero?
工程師幾點搭飛機？（過去時）

B El ingeniero cogió el avión a las 7 de la mañana.
工程師在早上 7 點搭飛機了。（過去時）

95

動詞篇 17

Comer 吃

現在時 Presente

用法 表達「頻繁發生的事件」或「現在發生」的動作。

主詞		動詞變化
yo	我	como
tú / vos	你	comes / comés
usted	您	come
él / ella	他 / 她	come
nosotros (as)	我們	comemos
vosotros (as)	你們	coméis
ustedes	您們	comen
ellos / ellas	他們 / 她們	comen

現在進行時　Gerundio

用法 表達「正在進行」的動作。

主詞		動詞變化	
yo	我	estoy	comiendo
tú / vos	你	estás	comiendo
usted	您	está	comiendo
él / ella	他 / 她	está	comiendo
nosotros (as)	我們	estamos	comiendo
vosotros (as)	你們	estáis	comiendo
ustedes	您們	están	comiendo
ellos / ellas	他們 / 她們	están	comiendo

現在完成時　Pretérito Perfecto

用法 表達「剛做完」或「不久前完成」的動作。

主詞		動詞變化	
yo	我	he	comido
tú / vos	你	has	comido
usted	您	ha	comido
él / ella	他 / 她	ha	comido
nosotros (as)	我們	hemos	comido
vosotros (as)	你們	habéis	comido
ustedes	您們	han	comido
ellos / ellas	他們 / 她們	han	comido

過去時　Pretérito Indefinido

用法　表達「過去發生」的動作。

主詞		動詞變化
yo	我	comí
tú / vos	你	comiste
usted	您	comió
él / ella	他 / 她	comió
nosotros (as)	我們	comimos
vosotros (as)	你們	comisteis
ustedes	您們	comieron
ellos / ellas	他們 / 她們	comieron

未來時　Futuro Imperfecto

用法　表達「未來發生」的動作。

主詞		動詞變化
yo	我	comeré
tú / vos	你	comerás
usted	您	comerá
él / ella	他 / 她	comerá
nosotros (as)	我們	comeremos
vosotros (as)	你們	comeréis
ustedes	您們	comerán
ellos / ellas	他們 / 她們	comerán

你可以這樣說 ¡A practicar!

▶ Mi hermano comió una hamburguesa y unas papas fritas en el restaurante.
我的弟弟在餐廳吃了一個漢堡和一些薯條。（過去時）

▶ Yo todavía no he comido.
我還沒吃東西。（現在完成時）

西語會話開口說 ¡A hablar!

A ¿Por qué comes tan poco?
你為什麼吃那麼少？（現在時）

B Porque estoy a dieta.
因為我在減肥。

動詞篇 18

Comprar 買

MP3-18

現在時 Presente

用法 表達「頻繁發生的事件」或「現在發生」的動作。

主詞		動詞變化
yo	我	**compro**
tú / vos	你	**compras / comprás**
usted	您	**compra**
él / ella	他 / 她	**compra**
nosotros (as)	我們	**compramos**
vosotros (as)	你們	**compráis**
ustedes	您們	**compran**
ellos / ellas	他們 / 她們	**compran**

現在進行時 Gerundio

用法 表達「正在進行」的動作。

主詞		動詞變化	
yo	我	estoy	comprando
tú / vos	你	estás	comprando
usted	您	está	comprando
él / ella	他 / 她	está	comprando
nosotros (as)	我們	estamos	comprando
vosotros (as)	你們	estáis	comprando
ustedes	您們	están	comprando
ellos / ellas	他們 / 她們	están	comprando

現在完成時 Pretérito Perfecto

用法 表達「剛做完」或「不久前完成」的動作。

主詞		動詞變化	
yo	我	he	comprado
tú / vos	你	has	comprado
usted	您	ha	comprado
él / ella	他 / 她	ha	comprado
nosotros (as)	我們	hemos	comprado
vosotros (as)	你們	habéis	comprado
ustedes	您們	han	comprado
ellos / ellas	他們 / 她們	han	comprado

過去時 Pretérito Indefinido

用法 表達「過去發生」的動作。

主詞		動詞變化
yo	我	compré
tú / vos	你	compraste
usted	您	compró
él / ella	他 / 她	compró
nosotros (as)	我們	compramos
vosotros (as)	你們	comprasteis
ustedes	您們	compraron
ellos / ellas	他們 / 她們	compraron

未來時 Futuro Imperfecto

用法 表達「未來發生」的動作。

主詞		動詞變化
yo	我	compraré
tú / vos	你	comprarás
usted	您	comprará
él / ella	他 / 她	comprará
nosotros (as)	我們	compraremos
vosotros (as)	你們	compraréis
ustedes	您們	comprarán
ellos / ellas	他們 / 她們	comprarán

你可以這樣說 ¡A practicar!

▶ Mi novio me compró un anillo de oro la semana pasada.
我的男朋友上個星期買了一個金戒指給我。（過去時）

▶ Yo compraré este suéter rojo.
我會買這件毛衣。（未來時）

西語會話開口說 ¡A hablar!

A ¿Qué tipo de libros estás comprando?
你正在買哪一種書？（現在進行時）

B Estoy comprando unos libros de viaje.
我正在買一些關於旅遊的書。（現在進行時）

動詞篇 19

Conducir 駕駛、開車

MP3-19

現在時　Presente

用法 表達「頻繁發生的事件」或「現在發生」的動作。

主詞		動詞變化
yo	我	**conduzco**
tú / vos	你	**conduces / conducís**
usted	您	**conduce**
él / ella	他 / 她	**conduce**
nosotros (as)	我們	**conducimos**
vosotros (as)	你們	**conducís**
ustedes	您們	**conducen**
ellos / ellas	他們 / 她們	**conducen**

現在進行時 Gerundio

用法 表達「正在進行」的動作。

主詞		動詞變化	
yo	我	estoy	conduciendo
tú / vos	你	estás	conduciendo
usted	您	está	conduciendo
él / ella	他 / 她	está	conduciendo
nosotros (as)	我們	estamos	conduciendo
vosotros (as)	你們	estáis	conduciendo
ustedes	您們	están	conduciendo
ellos / ellas	他們 / 她們	están	conduciendo

現在完成時 Pretérito Perfecto

用法 表達「剛做完」或「不久前完成」的動作。

主詞		動詞變化	
yo	我	he	conducido
tú / vos	你	has	conducido
usted	您	ha	conducido
él / ella	他 / 她	ha	conducido
nosotros (as)	我們	hemos	conducido
vosotros (as)	你們	habéis	conducido
ustedes	您們	han	conducido
ellos / ellas	他們 / 她們	han	conducido

過去時　Pretérito Indefinido

用法 表達「過去發生」的動作。

主詞		動詞變化
yo	我	conduje
tú / vos	你	condujiste
usted	您	condujo
él / ella	他 / 她	condujo
nosotros (as)	我們	condujimos
vosotros (as)	你們	condujisteis
ustedes	您們	condujeron
ellos / ellas	他們 / 她們	condujeron

未來時　Futuro Imperfecto

用法 表達「未來發生」的動作。

主詞		動詞變化
yo	我	conduciré
tú / vos	你	conducirás
usted	您	conducirá
él / ella	他 / 她	conducirá
nosotros (as)	我們	conduciremos
vosotros (as)	你們	conduciréis
ustedes	您們	conducirán
ellos / ellas	他們 / 她們	conducirán

你可以這樣說 ¡A practicar!

▶ **Mi primo está conduciendo el coche de su jefe.**
我的表弟正在開她老闆的車。（現在進行時）

▶ **Ellos conducirán alrededor de ocho horas.**
他們會開大約八個小時的車。（未來時）

西語會話開口說 ¡A hablar!

A **¿Por qué no conduces?**
為什麼你不開車？（現在時）

B **Porque no tengo carné de conducir.**
因為我沒有駕照。

動詞篇 20

Conocer 認識

MP3-20

現在時 Presente

用法 表達「頻繁發生的事件」或「現在發生」的動作。

主詞		動詞變化
yo	我	conozco
tú / vos	你	conoces / conocés
usted	您	conoce
él / ella	他 / 她	conoce
nosotros (as)	我們	conocemos
vosotros (as)	你們	conocéis
ustedes	您們	conocen
ellos / ellas	他們 / 她們	conocen

現在進行時　Gerundio

用法　表達「正在進行」的動作。

主詞		動詞變化	
yo	我	estoy	conociendo
tú / vos	你	estás	conociendo
usted	您	está	conociendo
él / ella	他 / 她	está	conociendo
nosotros (as)	我們	estamos	conociendo
vosotros (as)	你們	estáis	conociendo
ustedes	您們	están	conociendo
ellos / ellas	他們 / 她們	están	conociendo

現在完成時　Pretérito Perfecto

用法　表達「剛做完」或「不久前完成」的動作。

主詞		動詞變化	
yo	我	he	conocido
tú / vos	你	has	conocido
usted	您	ha	conocido
él / ella	他 / 她	ha	conocido
nosotros (as)	我們	hemos	conocido
vosotros (as)	你們	habéis	conocido
ustedes	您們	han	conocido
ellos / ellas	他們 / 她們	han	conocido

過去時 Pretérito Indefinido

用法 表達「過去發生」的動作。

主詞		動詞變化
yo	我	conocí
tú / vos	你	conociste
usted	您	conoció
él / ella	他 / 她	conoció
nosotros (as)	我們	conocimos
vosotros (as)	你們	conocisteis
ustedes	您們	conocieron
ellos / ellas	他們 / 她們	conocieron

未來時 Futuro Imperfecto

用法 表達「未來發生」的動作。

主詞		動詞變化
yo	我	conoceré
tú / vos	你	conocerás
usted	您	conocerá
él / ella	他 / 她	conocerá
nosotros (as)	我們	conoceremos
vosotros (as)	你們	conoceréis
ustedes	您們	conocerán
ellos / ellas	他們 / 她們	conocerán

你可以這樣說 ¡A practicar!

▶ Tu conocerás a muchas personas de diferentes países.
你會認識很多不同國家的人。（未來時）

▶ Mi sobrina todavía no conoce ese centro comercial.
我的姪女還不認識那個購物中心。（現在時）

西語會話開口說 ¡A hablar!

🅐 ¿Dónde conociste a ese chico?
你在哪裡認識了那個男孩？（過去時）

🅑 Yo lo conocí en la fiesta de graduación.
我在畢業派對認識了他。（過去時）

111

動詞篇 21

Contestar 回答

MP3-21

現在時 Presente

用法 表達「頻繁發生的事件」或「現在發生」的動作。

主詞		動詞變化
yo	我	contesto
tú / vos	你	contestas / contestás
usted	您	contesta
él / ella	他 / 她	contesta
nosotros (as)	我們	contestamos
vosotros (as)	你們	contestáis
ustedes	您們	contestan
ellos / ellas	他們 / 她們	contestan

現在進行時　Gerundio

用法　表達「正在進行」的動作。

主詞		動詞變化	
yo	我	estoy	contestando
tú / vos	你	estás	contestando
usted	您	está	contestando
él / ella	他 / 她	está	contestando
nosotros (as)	我們	estamos	contestando
vosotros (as)	你們	estáis	contestando
ustedes	您們	están	contestando
ellos / ellas	他們 / 她們	están	contestando

現在完成時　Pretérito Perfecto

用法　表達「剛做完」或「不久前完成」的動作。

主詞		動詞變化	
yo	我	he	contestado
tú / vos	你	has	contestado
usted	您	ha	contestado
él / ella	他 / 她	ha	contestado
nosotros (as)	我們	hemos	contestado
vosotros (as)	你們	habéis	contestado
ustedes	您們	han	contestado
ellos / ellas	他們 / 她們	han	contestado

過去時　Pretérito Indefinido

用法　表達「過去發生」的動作。

主詞		動詞變化
yo	我	contesté
tú / vos	你	contestaste
usted	您	contestó
él / ella	他 / 她	contestó
nosotros (as)	我們	contestamos
vosotros (as)	你們	contestasteis
ustedes	您們	contestaron
ellos / ellas	他們 / 她們	contestaron

未來時　Futuro Imperfecto

用法　表達「未來發生」的動作。

主詞		動詞變化
yo	我	contestaré
tú / vos	你	contestarás
usted	您	contestará
él / ella	他 / 她	contestará
nosotros (as)	我們	contestaremos
vosotros (as)	你們	contestaréis
ustedes	您們	contestarán
ellos / ellas	他們 / 她們	contestarán

你可以這樣說 ¡A practicar!

▶ Mi asistente ya ha contestado todos los correos electrónicos.
我的助理已經回覆了所有電子郵件。（現在完成時）

▶ La vendedora está contestando las preguntas de la cliente.
售貨員正在回答顧客的問題。（現在進行時）

西語會話開口說 ¡A hablar!

A Nosotros contestaremos este cuestionario mañana.
我們明天會回答這份問卷。（未來時）

B Está bien. Tómate tu tiempo.
好的。慢慢來。

動詞篇22

Correr 跑

MP3-22

現在時 Presente

用法 表達「頻繁發生的事件」或「現在發生」的動作。

主詞		動詞變化
yo	我	corro
tú / vos	你	corres / corrés
usted	您	corre
él / ella	他 / 她	corre
nosotros (as)	我們	corremos
vosotros (as)	你們	corréis
ustedes	您們	corren
ellos / ellas	他們 / 她們	corren

現在進行時　Gerundio

用法 表達「正在進行」的動作。

主詞		動詞變化	
yo	我	estoy	corriendo
tú / vos	你	estás	corriendo
usted	您	está	corriendo
él / ella	他 / 她	está	corriendo
nosotros (as)	我們	estamos	corriendo
vosotros (as)	你們	estáis	corriendo
ustedes	您們	están	corriendo
ellos / ellas	他們 / 她們	están	corriendo

現在完成時　Pretérito Perfecto

用法 表達「剛做完」或「不久前完成」的動作。

主詞		動詞變化	
yo	我	he	corrido
tú / vos	你	has	corrido
usted	您	ha	corrido
él / ella	他 / 她	ha	corrido
nosotros (as)	我們	hemos	corrido
vosotros (as)	你們	habéis	corrido
ustedes	您們	han	corrido
ellos / ellas	他們 / 她們	han	corrido

過去時　Pretérito Indefinido

用法　表達「過去發生」的動作。

主詞		動詞變化
yo	我	corrí
tú / vos	你	corriste
usted	您	corrió
él / ella	他 / 她	corrió
nosotros (as)	我們	corrimos
vosotros (as)	你們	corristeis
ustedes	您們	corrieron
ellos / ellas	他們 / 她們	corrieron

未來時　Futuro Imperfecto

用法　表達「未來發生」的動作。

主詞		動詞變化
yo	我	correré
tú / vos	你	correrás
usted	您	correrá
él / ella	他 / 她	correrá
nosotros (as)	我們	correremos
vosotros (as)	你們	correréis
ustedes	您們	correrán
ellos / ellas	他們 / 她們	correrán

你可以這樣說 ¡A practicar!

▶ Mi compañera corre una hora todos los días.
我的同學每天跑步一個小時。（現在時）

▶ Sus hijas corrieron en el parque ayer.
他們的女兒們昨天在公園跑步。（過去時）

西語會話開口說 ¡A hablar!

A ¿A qué hora correrás mañana?
你明天幾點會跑步？（未來時）

B Correré a las 6 de la mañana.
我會在早上 6 點分跑步。（未來時）

動詞篇 23

Dar 給

現在時 Presente

用法 表達「頻繁發生的事件」或「現在發生」的動作。

主詞		動詞變化
yo	我	**doy**
tú / vos	你	**das**
usted	您	**da**
él / ella	他 / 她	**da**
nosotros (as)	我們	**damos**
vosotros (as)	你們	**dais**
ustedes	您們	**dan**
ellos / ellas	他們 / 她們	**dan**

現在進行時　Gerundio

用法　表達「正在進行」的動作。

主詞		動詞變化	
yo	我	estoy	dando
tú / vos	你	estás	dando
usted	您	está	dando
él / ella	他 / 她	está	dando
nosotros (as)	我們	estamos	dando
vosotros (as)	你們	estáis	dando
ustedes	您們	están	dando
ellos / ellas	他們 / 她們	están	dando

現在完成時　Pretérito Perfecto

用法　表達「剛做完」或「不久前完成」的動作。

主詞		動詞變化	
yo	我	he	dado
tú / vos	你	has	dado
usted	您	ha	dado
él / ella	他 / 她	ha	dado
nosotros (as)	我們	hemos	dado
vosotros (as)	你們	habéis	dado
ustedes	您們	han	dado
ellos / ellas	他們 / 她們	han	dado

過去時　Pretérito Indefinido

用法　表達「過去發生」的動作。

主詞		動詞變化
yo	我	di
tú / vos	你	diste
usted	您	dio
él / ella	他 / 她	dio
nosotros (as)	我們	dimos
vosotros (as)	你們	disteis
ustedes	您們	dieron
ellos / ellas	他們 / 她們	dieron

未來時　Futuro Imperfecto

用法　表達「未來發生」的動作。

主詞		動詞變化
yo	我	daré
tú / vos	你	darás
usted	您	dará
él / ella	他 / 她	dará
nosotros (as)	我們	daremos
vosotros (as)	你們	daréis
ustedes	您們	darán
ellos / ellas	他們 / 她們	darán

你可以這樣說 ¡A practicar!

▶ Yo le he dado los documentos a tu compañero.
我已經把文件交給你的同事了。（現在完成時）

▶ Ellos te darán una sorpresa mañana.
他們明天會給你一個驚喜。（未來時）

西語會話開口說 ¡A hablar!

A ¿Qué tu dio en tu cumpleaños?
她在你的生日給了你什麼？（過去時）

B Es un secreto.
是一個祕密。

動詞篇 24

Decir 告訴、說

現在時 Presente

用法 表達「頻繁發生的事件」或「現在發生」的動作。

主詞		動詞變化
yo	我	digo
tú / vos	你	dices / decís
usted	您	dice
él / ella	他 / 她	dice
nosotros (as)	我們	decimos
vosotros (as)	你們	decís
ustedes	您們	dicen
ellos / ellas	他們 / 她們	dicen

現在進行時　Gerundio

用法　表達「正在進行」的動作。

主詞		動詞變化	
yo	我	estoy	diciendo
tú / vos	你	estás	diciendo
usted	您	está	diciendo
él / ella	他 / 她	está	diciendo
nosotros (as)	我們	estamos	diciendo
vosotros (as)	你們	estáis	diciendo
ustedes	您們	están	diciendo
ellos / ellas	他們 / 她們	están	diciendo

現在完成時　Pretérito Perfecto

用法　表達「剛做完」或「不久前完成」的動作。

主詞		動詞變化	
yo	我	he	dicho
tú / vos	你	has	dicho
usted	您	ha	dicho
él / ella	他 / 她	ha	dicho
nosotros (as)	我們	hemos	dicho
vosotros (as)	你們	habéis	dicho
ustedes	您們	han	dicho
ellos / ellas	他們 / 她們	han	dicho

過去時　Pretérito Indefinido

用法　表達「過去發生」的動作。

主詞		動詞變化
yo	我	dije
tú / vos	你	dijiste
usted	您	dijo
él / ella	他 / 她	dijo
nosotros (as)	我們	dijimos
vosotros (as)	你們	dijisteis
ustedes	您們	dijeron
ellos / ellas	他們 / 她們	dijeron

未來時　Futuro Imperfecto

用法　表達「未來發生」的動作。

主詞		動詞變化
yo	我	diré
tú / vos	你	dirás
usted	您	dirá
él / ella	他 / 她	dirá
nosotros (as)	我們	diremos
vosotros (as)	你們	diréis
ustedes	您們	dirán
ellos / ellas	他們 / 她們	dirán

你可以這樣說 ¡A practicar!

▶ **Mi hijo siempre me dice la verdad.**
我的兒子總是告訴我實話。（現在時）

▶ **Nosotros todavía no le hemos dicho la buena noticia.**
我們還沒把好消息告訴他。（現在完成時）

西語會話開口說 ¡A hablar!

A **¿Qué dijo tu amigo?**
你的朋友告訴了你什麼？（過去時）

B **Dijo: "¡Grandioso!"**
他說了：「真棒！」。（過去時）

動詞篇 25

Desayunar 吃早餐

MP3-25

現在時 Presente

用法 表達「頻繁發生的事件」或「現在發生」的動作。

主詞		動詞變化
yo	我	desayuno
tú / vos	你	desayunas / desayunás
usted	您	desayuna
él / ella	他 / 她	desayuna
nosotros (as)	我們	desayunamos
vosotros (as)	你們	desayunáis
ustedes	您們	desayunan
ellos / ellas	他們 / 她們	desayunan

現在進行時　Gerundio

用法　表達「正在進行」的動作。

主詞		動詞變化	
yo	我	estoy	desayunando
tú / vos	你	estás	desayunando
usted	您	está	desayunando
él / ella	他 / 她	está	desayunando
nosotros (as)	我們	estamos	desayunando
vosotros (as)	你們	estáis	desayunando
ustedes	您們	están	desayunando
ellos / ellas	他們 / 她們	están	desayunando

現在完成時　Pretérito Perfecto

用法　表達「剛做完」或「不久前完成」的動作。

主詞		動詞變化	
yo	我	he	desayunado
tú / vos	你	has	desayunado
usted	您	ha	desayunado
él / ella	他 / 她	ha	desayunado
nosotros (as)	我們	hemos	desayunado
vosotros (as)	你們	habéis	desayunado
ustedes	您們	han	desayunado
ellos / ellas	他們 / 她們	han	desayunado

過去時　Pretérito Indefinido

用法 表達「過去發生」的動作。

主詞		動詞變化
yo	我	desayuné
tú / vos	你	desayunaste
usted	您	desayunó
él / ella	他 / 她	desayunó
nosotros (as)	我們	desayunamos
vosotros (as)	你們	desayunasteis
ustedes	您們	desayunaron
ellos / ellas	他們 / 她們	desayunaron

未來時　Futuro Imperfecto

用法 表達「未來發生」的動作。

主詞		動詞變化
yo	我	desayunaré
tú / vos	你	desayunarás
usted	您	desayunará
él / ella	他 / 她	desayunará
nosotros (as)	我們	desayunaremos
vosotros (as)	你們	desayunaréis
ustedes	您們	desayunarán
ellos / ellas	他們 / 她們	desayunarán

你可以這樣說 ¡A practicar!

▶ Yo estoy desayunando en la cafetería.
我正在咖啡廳吃早餐。（現在進行時）

▶ Mi nieto desayuna conmigo todas las mañanas.
我的孫子每天早上跟我吃早餐。（現在時）

西語會話開口說 ¡A hablar!

A ¿Qué desayunaremos este fin de semana?
我們這個週末早餐要吃什麼？（未來時）

B Ensalada, huevos, salchichas y pan.
沙拉、蛋、香腸和麵包。

動詞篇26

Desear 想要

現在時 Presente

用法 表達「頻繁發生的事件」或「現在發生」的動作。

主詞		動詞變化
yo	我	deseo
tú / vos	你	deseas / deseás
usted	您	desea
él / ella	他 / 她	desea
nosotros (as)	我們	deseamos
vosotros (as)	你們	deseáis
ustedes	您們	desean
ellos / ellas	他們 / 她們	desean

現在進行時 Gerundio

用法 表達「正在進行」的動作。

主詞		動詞變化	
yo	我	estoy	deseando
tú / vos	你	estás	deseando
usted	您	está	deseando
él / ella	他 / 她	está	deseando
nosotros (as)	我們	estamos	deseando
vosotros (as)	你們	estáis	deseando
ustedes	您們	están	deseando
ellos / ellas	他們 / 她們	están	deseando

現在完成時 Pretérito Perfecto

用法 表達「剛做完」或「不久前完成」的動作。

主詞		動詞變化	
yo	我	he	deseado
tú / vos	你	has	deseado
usted	您	ha	deseado
él / ella	他 / 她	ha	deseado
nosotros (as)	我們	hemos	deseado
vosotros (as)	你們	habéis	deseado
ustedes	您們	han	deseado
ellos / ellas	他們 / 她們	han	deseado

過去時　Pretérito Indefinido

用法 表達「過去發生」的動作。

主詞		動詞變化
yo	我	deseé
tú / vos	你	deseaste
usted	您	deseó
él / ella	他 / 她	deseó
nosotros (as)	我們	deseamos
vosotros (as)	你們	deseasteis
ustedes	您們	desearon
ellos / ellas	他們 / 她們	desearon

未來時　Futuro Imperfecto

用法 表達「未來發生」的動作。

主詞		動詞變化
yo	我	desearé
tú / vos	你	desearás
usted	您	deseará
él / ella	他 / 她	deseará
nosotros (as)	我們	desearemos
vosotros (as)	你們	desearéis
ustedes	您們	desearán
ellos / ellas	他們 / 她們	desearán

你可以這樣說 ¡A practicar!

▶ Yo deseo esa camisa negra.
我想要那件黑色的 T 恤。（現在時）

▶ Mi hijo desea estudiar español en la universidad.
我的兒子想要在大學學習西班牙語。（現在時）

西語會話開口說 ¡A hablar!

A ¿Qué desean?
你們想要什麼？（現在時）

B Deseamos el plato del día.
我們想要今日特餐。（現在時）

動詞篇 27

Dibujar 畫

現在時 Presente

用法 表達「頻繁發生的事件」或「現在發生」的動作。

主詞		動詞變化
yo	我	dibujo
tú / vos	你	dibujas / dibujás
usted	您	dibuja
él / ella	他 / 她	dibuja
nosotros (as)	我們	dibujamos
vosotros (as)	你們	dibujáis
ustedes	您們	dibujan
ellos / ellas	他們 / 她們	dibujan

現在進行時　Gerundio

用法　表達「正在進行」的動作。

主詞		動詞變化	
yo	我	estoy	dibujando
tú / vos	你	estás	dibujando
usted	您	está	dibujando
él / ella	他 / 她	está	dibujando
nosotros (as)	我們	estamos	dibujando
vosotros (as)	你們	estáis	dibujando
ustedes	您們	están	dibujando
ellos / ellas	他們 / 她們	están	dibujando

現在完成時　Pretérito Perfecto

用法　表達「剛做完」或「不久前完成」的動作。

主詞		動詞變化	
yo	我	he	dibujado
tú / vos	你	has	dibujado
usted	您	ha	dibujado
él / ella	他 / 她	ha	dibujado
nosotros (as)	我們	hemos	dibujado
vosotros (as)	你們	habéis	dibujado
ustedes	您們	han	dibujado
ellos / ellas	他們 / 她們	han	dibujado

過去時　Pretérito Indefinido

用法 表達「過去發生」的動作。

主詞		動詞變化
yo	我	dibujé
tú / vos	你	dibujaste
usted	您	dibujó
él / ella	他 / 她	dibujó
nosotros (as)	我們	dibujamos
vosotros (as)	你們	dibujasteis
ustedes	您們	dibujaron
ellos / ellas	他們 / 她們	dibujaron

未來時　Futuro Imperfecto

用法 表達「未來發生」的動作。

主詞		動詞變化
yo	我	dibujaré
tú / vos	你	dibujarás
usted	您	dibujará
él / ella	他 / 她	dibujará
nosotros (as)	我們	dibujaremos
vosotros (as)	你們	dibujaréis
ustedes	您們	dibujarán
ellos / ellas	他們 / 她們	dibujarán

你可以這樣說 ¡A practicar!

▶ Su hija ha dibujado un elefante, una jirafa y un mono.
她的女兒畫了一頭大象、一頭長頸鹿和一隻猴子。（現在完成時）

▶ Aquel estudiante dibuja muy bien.
那個學生畫得很好。（現在時）

西語會話開口說 ¡A hablar!

A ¿Qué están dibujando los niños?
小朋友們正在畫什麼？（現在進行時）

B Los niños están dibujando a sus padres.
小朋友們正在畫他們的雙親。（現在進行時）

139

動詞篇 28

Dormir 睡、睡覺

現在時 Presente

用法 表達「頻繁發生的事件」或「現在發生」的動作。

主詞		動詞變化
yo	我	duermo
tú / vos	你	duermes / dormís
usted	您	duerme
él / ella	他 / 她	duerme
nosotros (as)	我們	dormimos
vosotros (as)	你們	dormís
ustedes	您們	duermen
ellos / ellas	他們 / 她們	duermen

現在進行時　Gerundio

用法　表達「正在進行」的動作。

主詞		動詞變化	
yo	我	estoy	durmiendo
tú / vos	你	estás	durmiendo
usted	您	está	durmiendo
él / ella	他 / 她	está	durmiendo
nosotros (as)	我們	estamos	durmiendo
vosotros (as)	你們	estáis	durmiendo
ustedes	您們	están	durmiendo
ellos / ellas	他們 / 她們	están	durmiendo

現在完成時　Pretérito Perfecto

用法　表達「剛做完」或「不久前完成」的動作。

主詞		動詞變化	
yo	我	he	dormido
tú / vos	你	has	dormido
usted	您	ha	dormido
él / ella	他 / 她	ha	dormido
nosotros (as)	我們	hemos	dormido
vosotros (as)	你們	habéis	dormido
ustedes	您們	han	dormido
ellos / ellas	他們 / 她們	han	dormido

過去時　Pretérito Indefinido

用法　表達「過去發生」的動作。

主詞		動詞變化
yo	我	dormí
tú / vos	你	dormiste
usted	您	durmió
él / ella	他 / 她	durmió
nosotros (as)	我們	dormimos
vosotros (as)	你們	dormisteis
ustedes	您們	durmieron
ellos / ellas	他們 / 她們	durmieron

未來時　Futuro Imperfecto

用法　表達「未來發生」的動作。

主詞		動詞變化
yo	我	dormiré
tú / vos	你	dormirás
usted	您	dormirá
él / ella	他 / 她	dormirá
nosotros (as)	我們	dormiremos
vosotros (as)	你們	dormiréis
ustedes	您們	dormirán
ellos / ellas	他們 / 她們	dormirán

你可以這樣說 ¡A practicar!

▶ Los niños están durmiendo ahora.
小朋友們現在正在睡覺。（現在進行時）

▶ Tu dormirás en la habitación de huéspedes.
你會在客房睡覺。（未來時）

西語會話開口說 ¡A hablar!

A ¿Cuántas horas durmieron ayer?
您們昨天睡了幾個小時？（過去時）

B Solo dormimos cinco horas.
我們只睡了五個小時。（過去時）

動詞篇㉙

Empezar 開始

現在時 Presente

用法 表達「頻繁發生的事件」或「現在發生」的動作。

主詞		動詞變化
yo	我	empiezo
tú / vos	你	empiezas / empezás
usted	您	empieza
él / ella	他 / 她	empieza
nosotros (as)	我們	empezamos
vosotros (as)	你們	empezáis
ustedes	您們	empiezan
ellos / ellas	他們 / 她們	empiezan

現在進行時　Gerundio

用法　表達「正在進行」的動作。

主詞		動詞變化	
yo	我	estoy	empezando
tú / vos	你	estás	empezando
usted	您	está	empezando
él / ella	他 / 她	está	empezando
nosotros (as)	我們	estamos	empezando
vosotros (as)	你們	estáis	empezando
ustedes	您們	están	empezando
ellos / ellas	他們 / 她們	están	empezando

現在完成時　Pretérito Perfecto

用法　表達「剛做完」或「不久前完成」的動作。

主詞		動詞變化	
yo	我	he	empezado
tú / vos	你	has	empezado
usted	您	ha	empezado
él / ella	他 / 她	ha	empezado
nosotros (as)	我們	hemos	empezado
vosotros (as)	你們	habéis	empezado
ustedes	您們	han	empezado
ellos / ellas	他們 / 她們	han	empezado

過去時 Pretérito Indefinido

用法 表達「過去發生」的動作。

主詞		動詞變化
yo	我	empecé
tú / vos	你	empezaste
usted	您	empezó
él / ella	他 / 她	empezó
nosotros (as)	我們	empezamos
vosotros (as)	你們	empezasteis
ustedes	您們	empezaron
ellos / ellas	他們 / 她們	empezaron

未來時 Futuro Imperfecto

用法 表達「未來發生」的動作。

主詞		動詞變化
yo	我	empezaré
tú / vos	你	empezarás
usted	您	empezará
él / ella	他 / 她	empezará
nosotros (as)	我們	empezaremos
vosotros (as)	你們	empezaréis
ustedes	您們	empezarán
ellos / ellas	他們 / 她們	empezarán

你可以這樣說 ¡A practicar!

▶ La película empieza a las 7 de la noche.
電影晚上 7 點開始。（現在時）

▶ El contable empezó a trabajar aquí hace dos semanas.
會計師兩個星期前開始在這裡工作。（過去時）

西語會話開口說 ¡A hablar!

A ¿Cuándo empezará la exposición de la cultura maya?
馬雅文化展覽會在什麼時候開始？（未來時）

B La exposición empezará el próximo mes.
展覽會在下個月開始。（未來時）

動詞篇 30

Entender 了解、懂得

🎧 MP3-30

現在時　Presente

用法 表達「頻繁發生的事件」或「現在發生」的動作。

主詞		動詞變化
yo	我	entiendo
tú / vos	你	entiendes / entendés
usted	您	entiende
él / ella	他 / 她	entiende
nosotros (as)	我們	entendemos
vosotros (as)	你們	entendéis
ustedes	您們	entienden
ellos / ellas	他們 / 她們	entienden

現在進行時　Gerundio

用法　表達「正在進行」的動作。

主詞		動詞變化	
yo	我	estoy	entendiendo
tú / vos	你	estás	entendiendo
usted	您	está	entendiendo
él / ella	他 / 她	está	entendiendo
nosotros (as)	我們	estamos	entendiendo
vosotros (as)	你們	estáis	entendiendo
ustedes	您們	están	entendiendo
ellos / ellas	他們 / 她們	están	entendiendo

現在完成時　Pretérito Perfecto

用法　表達「剛做完」或「不久前完成」的動作。

主詞		動詞變化	
yo	我	he	entendido
tú / vos	你	has	entendido
usted	您	ha	entendido
él / ella	他 / 她	ha	entendido
nosotros (as)	我們	hemos	entendido
vosotros (as)	你們	habéis	entendido
ustedes	您們	han	entendido
ellos / ellas	他們 / 她們	han	entendido

過去時　Pretérito Indefinido

用法　表達「過去發生」的動作。

主詞		動詞變化
yo	我	entendí
tú / vos	你	entendiste
usted	您	entendió
él / ella	他 / 她	entendió
nosotros (as)	我們	entendimos
vosotros (as)	你們	entendisteis
ustedes	您們	entendieron
ellos / ellas	他們 / 她們	entendieron

未來時　Futuro Imperfecto

用法　表達「未來發生」的動作。

主詞		動詞變化
yo	我	entenderé
tú / vos	你	entenderás
usted	您	entenderá
él / ella	他 / 她	entenderá
nosotros (as)	我們	entenderemos
vosotros (as)	你們	entenderéis
ustedes	您們	entenderán
ellos / ellas	他們 / 她們	entenderán

你可以這樣說 ¡A practicar!

▶ **Mis primas entienden español, inglés y chino.**
我的表妹們懂得西班牙語、英語和中文。（現在時）

▶ **Yo entiendo muy bien a mis hijos.**
我非常了解我的兒女們。（現在時）

西語會話開口說 ¡A hablar!

A ¿Está claro?
清楚嗎？

B Si, ya he entendido.
是的，我已經了解了。（現在完成時）

動詞篇 31

Escribir 寫

MP3-31

現在時 Presente

用法 表達「頻繁發生的事件」或「現在發生」的動作。

主詞		動詞變化
yo	我	escribo
tú / vos	你	escribes / escribís
usted	您	escribe
él / ella	他 / 她	escribe
nosotros (as)	我們	escribimos
vosotros (as)	你們	escribís
ustedes	您們	escriben
ellos / ellas	他們 / 她們	escriben

現在進行時　Gerundio

用法　表達「正在進行」的動作。

主詞		動詞變化	
yo	我	estoy	escribiendo
tú / vos	你	estás	escribiendo
usted	您	está	escribiendo
él / ella	他 / 她	está	escribiendo
nosotros (as)	我們	estamos	escribiendo
vosotros (as)	你們	estáis	escribiendo
ustedes	您們	están	escribiendo
ellos / ellas	他們 / 她們	están	escribiendo

現在完成時　Pretérito Perfecto

用法　表達「剛做完」或「不久前完成」的動作。

主詞		動詞變化	
yo	我	he	escrito
tú / vos	你	has	escrito
usted	您	ha	escrito
él / ella	他 / 她	ha	escrito
nosotros (as)	我們	hemos	escrito
vosotros (as)	你們	habéis	escrito
ustedes	您們	han	escrito
ellos / ellas	他們 / 她們	han	escrito

過去時　Pretérito Indefinido

用法　表達「過去發生」的動作。

主詞		動詞變化
yo	我	escribí
tú / vos	你	escribiste
usted	您	escribió
él / ella	他 / 她	escribió
nosotros (as)	我們	escribimos
vosotros (as)	你們	escribisteis
ustedes	您們	escribieron
ellos / ellas	他們 / 她們	escribieron

未來時　Futuro Imperfecto

用法　表達「未來發生」的動作。

主詞		動詞變化
yo	我	escribiré
tú / vos	你	escribirás
usted	您	escribirá
él / ella	他 / 她	escribirá
nosotros (as)	我們	escribiremos
vosotros (as)	你們	escribiréis
ustedes	您們	escribirán
ellos / ellas	他們 / 她們	escribirán

你可以這樣說 ¡A practicar!

▶ Le he escrito un poema de amor a mi novia.
我寫了一首情詩給我的女朋友。（現在完成時）

▶ Escribiré un libro sobre mis experiencias en Argentina.
我會寫一本關於我在阿根廷經歷的書。（未來時）

西語會話開口說 ¡A hablar!

A ¿Qué están escribiendo?
他們正在寫什麼？（現在進行時）

B Ellos están escribiendo una canción.
他們正在寫一首歌。（現在進行時）

動詞篇 32

Escuchar 聽

現在時 Presente

用法 表達「頻繁發生的事件」或「現在發生」的動作。

主詞		動詞變化
yo	我	escucho
tú / vos	你	escuchas / escuchás
usted	您	escucha
él / ella	他 / 她	escucha
nosotros (as)	我們	escuchamos
vosotros (as)	你們	escucháis
ustedes	您們	escuchan
ellos / ellas	他們 / 她們	escuchan

現在進行時　Gerundio

用法 表達「正在進行」的動作。

主詞		動詞變化	
yo	我	estoy	escuchando
tú / vos	你	estás	escuchando
usted	您	está	escuchando
él / ella	他 / 她	está	escuchando
nosotros (as)	我們	estamos	escuchando
vosotros (as)	你們	estáis	escuchando
ustedes	您們	están	escuchando
ellos / ellas	他們 / 她們	están	escuchando

現在完成時　Pretérito Perfecto

用法 表達「剛做完」或「不久前完成」的動作。

主詞		動詞變化	
yo	我	he	escuchado
tú / vos	你	has	escuchado
usted	您	ha	escuchado
él / ella	他 / 她	ha	escuchado
nosotros (as)	我們	hemos	escuchado
vosotros (as)	你們	habéis	escuchado
ustedes	您們	han	escuchado
ellos / ellas	他們 / 她們	han	escuchado

過去時 Pretérito Indefinido

用法 表達「過去發生」的動作。

主詞		動詞變化
yo	我	escuché
tú / vos	你	escuchaste
usted	您	escuchó
él / ella	他 / 她	escuchó
nosotros (as)	我們	escuchamos
vosotros (as)	你們	escuchasteis
ustedes	您們	escucharon
ellos / ellas	他們 / 她們	escucharon

未來時 Futuro Imperfecto

用法 表達「未來發生」的動作。

主詞		動詞變化
yo	我	escucharé
tú / vos	你	escucharás
usted	您	escuchará
él / ella	他 / 她	escuchará
nosotros (as)	我們	escucharemos
vosotros (as)	你們	escucharéis
ustedes	您們	escucharán
ellos / ellas	他們 / 她們	escucharán

你可以這樣說 ¡A practicar!

▶ Ellos están escuchando el discurso del presidente.
他們正在聽總統的演講。（現在進行時）

▶ Ya he escuchado tu canción. ¡Es maravillosa!
我聽了你的歌。（現在完成時）
太美妙了！

西語會話開口說 ¡A hablar!

A ¿Dónde escuchasteis esa noticia?
你們在哪裡聽到了那個新聞？（過去時）

B La escuchamos en la televisión.
我們在電視上聽到的。（過去時）

動詞篇 33

Esperar 等、等待

現在時 Presente

用法 表達「頻繁發生的事件」或「現在發生」的動作。

主詞		動詞變化
yo	我	espero
tú / vos	你	esperas / esperás
usted	您	espera
él / ella	他 / 她	espera
nosotros (as)	我們	esperamos
vosotros (as)	你們	esperáis
ustedes	您們	esperan
ellos / ellas	他們 / 她們	esperan

現在進行時　Gerundio

用法　表達「正在進行」的動作。

主詞		動詞變化	
yo	我	estoy	esperando
tú / vos	你	estás	esperando
usted	您	está	esperando
él / ella	他 / 她	está	esperando
nosotros (as)	我們	estamos	esperando
vosotros (as)	你們	estáis	esperando
ustedes	您們	están	esperando
ellos / ellas	他們 / 她們	están	esperando

現在完成時　Pretérito Perfecto

用法　表達「剛做完」或「不久前完成」的動作。

主詞		動詞變化	
yo	我	he	esperado
tú / vos	你	has	esperado
usted	您	ha	esperado
él / ella	他 / 她	ha	esperado
nosotros (as)	我們	hemos	esperado
vosotros (as)	你們	habéis	esperado
ustedes	您們	han	esperado
ellos / ellas	他們 / 她們	han	esperado

過去時　Pretérito Indefinido

用法 表達「過去發生」的動作。

主詞		動詞變化
yo	我	esperé
tú / vos	你	esperaste
usted	您	esperó
él / ella	他 / 她	esperó
nosotros (as)	我們	esperamos
vosotros (as)	你們	esperasteis
ustedes	您們	esperaron
ellos / ellas	他們 / 她們	esperaron

未來時　Futuro Imperfecto

用法 表達「未來發生」的動作。

主詞		動詞變化
yo	我	esperaré
tú / vos	你	esperarás
usted	您	esperará
él / ella	他 / 她	esperará
nosotros (as)	我們	esperaremos
vosotros (as)	你們	esperaréis
ustedes	您們	esperarán
ellos / ellas	他們 / 她們	esperarán

你可以這樣說 ¡A practicar!

▶ **El arquitecto está esperando las maletas.**
建築師正在等行李。（現在進行時）

▶ **Ya hemos esperado mucho tiempo.**
我們已經等很久了。（現在完成時）

西語會話開口說 ¡A hablar!

A ¿Dónde nos esperará?
您會在哪裡等我們？（未來時）

B Les esperaré en la entrada principal.
我會在主要入口等您們。（未來時）

動詞篇34

Estar 是

現在時 Presente

用法 表達「頻繁發生的事件」或「現在發生」的動作。

主詞		動詞變化
yo	我	estoy
tú / vos	你	estás
usted	您	está
él / ella	他 / 她	está
nosotros (as)	我們	estamos
vosotros (as)	你們	estáis
ustedes	您們	están
ellos / ellas	他們 / 她們	están

現在進行時　Gerundio

用法　表達「正在進行」的動作。

主詞			動詞變化
yo	我	小提醒：「estando」這個現在分詞通常不和「estar」一起使用。這是西語動詞變化中的例外，請特別留意。	estando
tú / vos	你		estando
usted	您		estando
él / ella	他 / 她		estando
nosotros (as)	我們		estando
vosotros (as)	你們		estando
ustedes	您們		estando
ellos / ellas	他們 / 她們		estando

現在完成時　Pretérito Perfecto

用法　表達「剛做完」或「不久前完成」的動作。

主詞		動詞變化	
yo	我	he	estado
tú / vos	你	has	estado
usted	您	ha	estado
él / ella	他 / 她	ha	estado
nosotros (as)	我們	hemos	estado
vosotros (as)	你們	habéis	estado
ustedes	您們	han	estado
ellos / ellas	他們 / 她們	han	estado

過去時　Pretérito Indefinido

用法　表達「過去發生」的動作。

主詞		動詞變化
yo	我	estuve
tú / vos	你	estuviste
usted	您	estuvo
él / ella	他 / 她	estuvo
nosotros (as)	我們	estuvimos
vosotros (as)	你們	estuvisteis
ustedes	您們	estuvieron
ellos / ellas	他們 / 她們	estuvieron

未來時　Futuro Imperfecto

用法　表達「未來發生」的動作。

主詞		動詞變化
yo	我	estaré
tú / vos	你	estarás
usted	您	estará
él / ella	他 / 她	estará
nosotros (as)	我們	estaremos
vosotros (as)	你們	estaréis
ustedes	您們	estarán
ellos / ellas	他們 / 她們	estarán

你可以這樣說 ¡A practicar!

▶ **Los estudiantes estarán en el laboratorio a las 10 de la mañana.**
學生們早上 10 點會在實驗室。（未來時）

▶ **El libro sigue estando en la estantería de la biblioteca.**
書仍然在圖書館的書架上。（現在進行時）

西語會話開口說 ¡A hablar!

A ¿Cómo está su padre?
你的爸爸好嗎？（現在時）

B Él está muy feliz. Gracias.
他很快樂。謝謝。（現在時）

167

動詞篇35

Estudiar 唸書、學習、讀書

現在時 Presente

用法 表達「頻繁發生的事件」或「現在發生」的動作。

主詞		動詞變化
yo	我	estudio
tú / vos	你	estudias / estudiás
usted	您	estudia
él / ella	他 / 她	estudia
nosotros (as)	我們	estudiamos
vosotros (as)	你們	estudiáis
ustedes	您們	estudian
ellos / ellas	他們 / 她們	estudian

現在進行時　Gerundio

用法　表達「正在進行」的動作。

主詞		動詞變化	
yo	我	estoy	estudiando
tú / vos	你	estás	estudiando
usted	您	está	estudiando
él / ella	他 / 她	está	estudiando
nosotros (as)	我們	estamos	estudiando
vosotros (as)	你們	estáis	estudiando
ustedes	您們	están	estudiando
ellos / ellas	他們 / 她們	están	estudiando

現在完成時　Pretérito Perfecto

用法　表達「剛做完」或「不久前完成」的動作。

主詞		動詞變化	
yo	我	he	estudiado
tú / vos	你	has	estudiado
usted	您	ha	estudiado
él / ella	他 / 她	ha	estudiado
nosotros (as)	我們	hemos	estudiado
vosotros (as)	你們	habéis	estudiado
ustedes	您們	han	estudiado
ellos / ellas	他們 / 她們	han	estudiado

過去時　Pretérito Indefinido

用法 表達「過去發生」的動作。

主詞		動詞變化
yo	我	estudié
tú / vos	你	estudiaste
usted	您	estudió
él / ella	他 / 她	estudió
nosotros (as)	我們	estudiamos
vosotros (as)	你們	estudiasteis
ustedes	您們	estudiaron
ellos / ellas	他們 / 她們	estudiaron

未來時　Futuro Imperfecto

用法 表達「未來發生」的動作。

主詞		動詞變化
yo	我	estudiaré
tú / vos	你	estudiarás
usted	您	estudiará
él / ella	他 / 她	estudiará
nosotros (as)	我們	estudiaremos
vosotros (as)	你們	estudiaréis
ustedes	您們	estudiarán
ellos / ellas	他們 / 她們	estudiarán

你可以這樣說 ¡A practicar!

▶ **Nosotros estamos estudiando en la Biblioteca Nacional.**
我們正在國家圖書館讀書。（現在進行時）

▶ **Mi sobrino estudiará en la Universidad Nacional.**
我的姪子會在國立大學唸書。（未來時）

西語會話開口說 ¡A hablar!

A ¿Qué estudiaste en la universidad?
你在大學念什麼？（過去時）

B Yo estudié Comercio Internacional.
我念國際貿易。（過去時）

動詞篇 36

Firmar 簽名

🎧 MP3-36

現在時 Presente

用法 表達「頻繁發生的事件」或「現在發生」的動作。

主詞		動詞變化
yo	我	**firmo**
tú / vos	你	**firmas / firmás**
usted	您	**firma**
él / ella	他 / 她	**firma**
nosotros (as)	我們	**firmamos**
vosotros (as)	你們	**firmáis**
ustedes	您們	**firman**
ellos / ellas	他們 / 她們	**firman**

現在進行時　Gerundio

用法 表達「正在進行」的動作。

主詞		動詞變化	
yo	我	estoy	firmando
tú / vos	你	estás	firmando
usted	您	está	firmando
él / ella	他 / 她	está	firmando
nosotros (as)	我們	estamos	firmando
vosotros (as)	你們	estáis	firmando
ustedes	您們	están	firmando
ellos / ellas	他們 / 她們	están	firmando

現在完成時　Pretérito Perfecto

用法 表達「剛做完」或「不久前完成」的動作。

主詞		動詞變化	
yo	我	he	firmado
tú / vos	你	has	firmado
usted	您	ha	firmado
él / ella	他 / 她	ha	firmado
nosotros (as)	我們	hemos	firmado
vosotros (as)	你們	habéis	firmado
ustedes	您們	han	firmado
ellos / ellas	他們 / 她們	han	firmado

173

過去時　Pretérito Indefinido

用法　表達「過去發生」的動作。

主詞		動詞變化
yo	我	**firmé**
tú / vos	你	**firmaste**
usted	您	**firmó**
él / ella	他 / 她	**firmó**
nosotros (as)	我們	**firmamos**
vosotros (as)	你們	**firmasteis**
ustedes	您們	**firmaron**
ellos / ellas	他們 / 她們	**firmaron**

未來時　Futuro Imperfecto

用法　表達「未來發生」的動作。

主詞		動詞變化
yo	我	**firmaré**
tú / vos	你	**firmarás**
usted	您	**firmará**
él / ella	他 / 她	**firmará**
nosotros (as)	我們	**firmaremos**
vosotros (as)	你們	**firmaréis**
ustedes	您們	**firmarán**
ellos / ellas	他們 / 她們	**firmarán**

你可以這樣說 ¡A practicar!

▶ Mi jefe ya ha firmado todos los documentos.
我的老闆已經簽完所有文件了。(現在完成時)

▶ Firmaremos el contrato el próximo mes.
我們下個月會簽合約。(未來時)

西語會話開口說 ¡A hablar!

A ¿Dónde firmo?
在哪裡簽名?(現在時)

B Aquí, por favor.
請在這裡。

動詞篇37

Hablar 說、講

現在時 Presente

用法 表達「頻繁發生的事件」或「現在發生」的動作。

主詞		動詞變化
yo	我	hablo
tú / vos	你	hablas / hablás
usted	您	habla
él / ella	他 / 她	habla
nosotros (as)	我們	hablamos
vosotros (as)	你們	habláis
ustedes	您們	hablan
ellos / ellas	他們 / 她們	hablan

現在進行時　Gerundio

用法　表達「正在進行」的動作。

主詞		動詞變化	
yo	我	estoy	hablando
tú / vos	你	estás	hablando
usted	您	está	hablando
él / ella	他 / 她	está	hablando
nosotros (as)	我們	estamos	hablando
vosotros (as)	你們	estáis	hablando
ustedes	您們	están	hablando
ellos / ellas	他們 / 她們	están	hablando

現在完成時　Pretérito Perfecto

用法　表達「剛做完」或「不久前完成」的動作。

主詞		動詞變化	
yo	我	he	hablado
tú / vos	你	has	hablado
usted	您	ha	hablado
él / ella	他 / 她	ha	hablado
nosotros (as)	我們	hemos	hablado
vosotros (as)	你們	habéis	hablado
ustedes	您們	han	hablado
ellos / ellas	他們 / 她們	han	hablado

過去時　Pretérito Indefinido

用法 表達「過去發生」的動作。

主詞		動詞變化
yo	我	**hablé**
tú / vos	你	**hablaste**
usted	您	**habló**
él / ella	他 / 她	**habló**
nosotros (as)	我們	**hablamos**
vosotros (as)	你們	**hablasteis**
ustedes	您們	**hablaron**
ellos / ellas	他們 / 她們	**hablaron**

未來時　Futuro Imperfecto

用法 表達「未來發生」的動作。

主詞		動詞變化
yo	我	**hablaré**
tú / vos	你	**hablarás**
usted	您	**hablará**
él / ella	他 / 她	**hablará**
nosotros (as)	我們	**hablaremos**
vosotros (as)	你們	**hablaréis**
ustedes	您們	**hablarán**
ellos / ellas	他們 / 她們	**hablarán**

你可以這樣說 ¡A practicar!

▶ Yo hablé español con mis amigos ayer.
我昨天跟我的朋友們講西班牙語。（過去時）

▶ Yo hablaré con el gerente general sobre este problema.
關於這個問題我會跟總經理說。（未來時）

西語會話開口說 ¡A hablar!

A ¿Cuántas lenguas habla tu amigo?
你的朋友會說幾種語言？（現在時）

B Él habla cuatro lenguas.
他會說四種語言。（現在時）

動詞篇 38

Hacer 做

🎧 MP3-38

現在時 Presente

用法 表達「頻繁發生的事件」或「現在發生」的動作。

主詞		動詞變化
yo	我	**hago**
tú / vos	你	**haces / hacés**
usted	您	**hace**
él / ella	他 / 她	**hace**
nosotros (as)	我們	**hacemos**
vosotros (as)	你們	**hacéis**
ustedes	您們	**hacen**
ellos / ellas	他們 / 她們	**hacen**

現在進行時　Gerundio

用法 表達「正在進行」的動作。

主詞		動詞變化	
yo	我	estoy	haciendo
tú / vos	你	estás	haciendo
usted	您	está	haciendo
él / ella	他 / 她	está	haciendo
nosotros (as)	我們	estamos	haciendo
vosotros (as)	你們	estáis	haciendo
ustedes	您們	están	haciendo
ellos / ellas	他們 / 她們	están	haciendo

現在完成時　Pretérito Perfecto

用法 表達「剛做完」或「不久前完成」的動作。

主詞		動詞變化	
yo	我	he	hecho
tú / vos	你	has	hecho
usted	您	ha	hecho
él / ella	他 / 她	ha	hecho
nosotros (as)	我們	hemos	hecho
vosotros (as)	你們	habéis	hecho
ustedes	您們	han	hecho
ellos / ellas	他們 / 她們	han	hecho

過去時　Pretérito Indefinido

用法　表達「過去發生」的動作。

主詞		動詞變化
yo	我	hice
tú / vos	你	hiciste
usted	您	hizo
él / ella	他 / 她	hizo
nosotros (as)	我們	hicimos
vosotros (as)	你們	hicisteis
ustedes	您們	hicieron
ellos / ellas	他們 / 她們	hicieron

未來時　Futuro Imperfecto

用法　表達「未來發生」的動作。

主詞		動詞變化
yo	我	haré
tú / vos	你	harás
usted	您	hará
él / ella	他 / 她	hará
nosotros (as)	我們	haremos
vosotros (as)	你們	haréis
ustedes	您們	harán
ellos / ellas	他們 / 她們	harán

你可以這樣說 ¡A practicar!

▶ **Mis amigos y yo estamos haciendo deporte en la playa.**
我的朋友們和我正在海邊做運動。（現在進行時）

▶ **Los alumnos ya han hecho los ejercicios de matemáticas.**
學生們已經做完數學練習題了。（現在完成時）

西語會話開口說 ¡A hablar!

A ¿Qué haréis esta tarde?
你們這個下午會做什麼？（未來時）

B Nosotros haremos un pastel de chocolate en la casa.
我們會在家做巧克力蛋糕。（未來時）

動詞篇39

Invitar 邀請

現在時 Presente

用法 表達「頻繁發生的事件」或「現在發生」的動作。

主詞		動詞變化
yo	我	invito
tú / vos	你	invitas / invitás
usted	您	invita
él / ella	他 / 她	invita
nosotros (as)	我們	invitamos
vosotros (as)	你們	invitáis
ustedes	您們	invitan
ellos / ellas	他們 / 她們	invitan

現在進行時 Gerundio

用法 表達「正在進行」的動作。

主詞		動詞變化	
yo	我	estoy	invitando
tú / vos	你	estás	invitando
usted	您	está	invitando
él / ella	他 / 她	está	invitando
nosotros (as)	我們	estamos	invitando
vosotros (as)	你們	estáis	invitando
ustedes	您們	están	invitando
ellos / ellas	他們 / 她們	están	invitando

現在完成時 Pretérito Perfecto

用法 表達「剛做完」或「不久前完成」的動作。

主詞		動詞變化	
yo	我	he	invitado
tú / vos	你	has	invitado
usted	您	ha	invitado
él / ella	他 / 她	ha	invitado
nosotros (as)	我們	hemos	invitado
vosotros (as)	你們	habéis	invitado
ustedes	您們	han	invitado
ellos / ellas	他們 / 她們	han	invitado

過去時　Pretérito Indefinido

用法　表達「過去發生」的動作。

主詞		動詞變化
yo	我	invité
tú / vos	你	invitaste
usted	您	invitó
él / ella	他 / 她	invitó
nosotros (as)	我們	invitamos
vosotros (as)	你們	invitasteis
ustedes	您們	invitaron
ellos / ellas	他們 / 她們	invitaron

未來時　Futuro Imperfecto

用法　表達「未來發生」的動作。

主詞		動詞變化
yo	我	invitaré
tú / vos	你	invitarás
usted	您	invitará
él / ella	他 / 她	invitará
nosotros (as)	我們	invitaremos
vosotros (as)	你們	invitaréis
ustedes	您們	invitarán
ellos / ellas	他們 / 她們	invitarán

你可以這樣說 ¡A practicar!

▶ Los vecinos nos invitaron a la fiesta de cumpleaños de su hija.
鄰居們邀請我們去他們女兒的生日派對。（過去時）

▶ Te invito una copa de vino en aquel bar. ¡Vamos!
我在那個酒吧請你一杯紅酒。走吧！（現在時）

西語會話開口說 ¡A hablar!

A ¿A cuántas personas invitaréis a la boda?
你們會邀請多少人去婚禮？（未來時）

B Invitaremos aproximadamente a ciento cincuenta personas.
我們大約會邀請一百五十人。（未來時）

動詞篇 40

Ir 去

現在時 Presente

用法 表達「頻繁發生的事件」或「現在發生」的動作。

主詞		動詞變化
yo	我	**voy**
tú / vos	你	**vas**
usted	您	**va**
él / ella	他 / 她	**va**
nosotros (as)	我們	**vamos**
vosotros (as)	你們	**vais**
ustedes	您們	**van**
ellos / ellas	他們 / 她們	**van**

現在進行時　Gerundio

用法　表達「正在進行」的動作。

主詞		動詞變化	
yo	我	**estoy**	**yendo**
tú / vos	你	**estás**	**yendo**
usted	您	**está**	**yendo**
él / ella	他 / 她	**está**	**yendo**
nosotros (as)	我們	**estamos**	**yendo**
vosotros (as)	你們	**estáis**	**yendo**
ustedes	您們	**están**	**yendo**
ellos / ellas	他們 / 她們	**están**	**yendo**

現在完成時　Pretérito Perfecto

用法　表達「剛做完」或「不久前完成」的動作。

主詞		動詞變化	
yo	我	**he**	**ido**
tú / vos	你	**has**	**ido**
usted	您	**ha**	**ido**
él / ella	他 / 她	**ha**	**ido**
nosotros (as)	我們	**hemos**	**ido**
vosotros (as)	你們	**habéis**	**ido**
ustedes	您們	**han**	**ido**
ellos / ellas	他們 / 她們	**han**	**ido**

過去時　Pretérito Indefinido

用法　表達「過去發生」的動作。

主詞		動詞變化
yo	我	**fui**
tú / vos	你	**fuiste**
usted	您	**fue**
él / ella	他 / 她	**fue**
nosotros (as)	我們	**fuimos**
vosotros (as)	你們	**fuisteis**
ustedes	您們	**fueron**
ellos / ellas	他們 / 她們	**fueron**

未來時　Futuro Imperfecto

用法　表達「未來發生」的動作。

主詞		動詞變化
yo	我	**iré**
tú / vos	你	**irás**
usted	您	**irá**
él / ella	他 / 她	**irá**
nosotros (as)	我們	**iremos**
vosotros (as)	你們	**iréis**
ustedes	您們	**irán**
ellos / ellas	他們 / 她們	**irán**

你可以這樣說 ¡A practicar!

▶ Yo voy a la playa tres veces a la semana.
我一個星期去海灘三次。（現在時）

▶ Mi tío y yo iremos a la óptica esta tarde.
我的舅舅和我這個下午會去眼鏡行。（未來時）

西語會話開口說 ¡A hablar!

A ¿A dónde fueron?
您們去哪裡了？（過去時）

B Fuimos a la feria del libro.
我們去了書展。（過去時）

動詞篇 41
Jugar 玩

現在時 Presente

用法 表達「頻繁發生的事件」或「現在發生」的動作。

主詞		動詞變化
yo	我	juego
tú / vos	你	juegas / jugás
usted	您	juega
él / ella	他 / 她	juega
nosotros (as)	我們	jugamos
vosotros (as)	你們	jugáis
ustedes	您們	juegan
ellos / ellas	他們 / 她們	juegan

現在進行時　Gerundio

用法　表達「正在進行」的動作。

主詞		動詞變化	
yo	我	estoy	jugando
tú / vos	你	estás	jugando
usted	您	está	jugando
él / ella	他 / 她	está	jugando
nosotros (as)	我們	estamos	jugando
vosotros (as)	你們	estáis	jugando
ustedes	您們	están	jugando
ellos / ellas	他們 / 她們	están	jugando

現在完成時　Pretérito Perfecto

用法　表達「剛做完」或「不久前完成」的動作。

主詞		動詞變化	
yo	我	he	jugado
tú / vos	你	has	jugado
usted	您	ha	jugado
él / ella	他 / 她	ha	jugado
nosotros (as)	我們	hemos	jugado
vosotros (as)	你們	habéis	jugado
ustedes	您們	han	jugado
ellos / ellas	他們 / 她們	han	jugado

過去時　Pretérito Indefinido

用法　表達「過去發生」的動作。

主詞		動詞變化
yo	我	jugué
tú / vos	你	jugaste
usted	您	jugó
él / ella	他 / 她	jugó
nosotros (as)	我們	jugamos
vosotros (as)	你們	jugasteis
ustedes	您們	jugaron
ellos / ellas	他們 / 她們	jugaron

未來時　Futuro Imperfecto

用法　表達「未來發生」的動作。

主詞		動詞變化
yo	我	jugaré
tú / vos	你	jugarás
usted	您	jugará
él / ella	他 / 她	jugará
nosotros (as)	我們	jugaremos
vosotros (as)	你們	jugaréis
ustedes	您們	jugarán
ellos / ellas	他們 / 她們	jugarán

你可以這樣說 ¡A practicar!

▶ El equipo de baloncesto jugará en el estadio este jueves.
籃球隊這個星期四會打球。（未來時）

▶ Los chicos están jugando en el parque.
小孩們正在公園玩。（現在進行時）

西語會話開口說 ¡A hablar!

A ¿Por qué no juegas al tenis con nosotros?
為什麼你不跟我們打網球？（現在時）

B Porque estoy muy cansado.
因為我很累。

動詞篇 42

Lavar 洗

現在時 Presente

用法 表達「頻繁發生的事件」或「現在發生」的動作。

主詞		動詞變化
yo	我	lavo
tú / vos	你	lavas / lavás
usted	您	lava
él / ella	他 / 她	lava
nosotros (as)	我們	lavamos
vosotros (as)	你們	laváis
ustedes	您們	lavan
ellos / ellas	他們 / 她們	lavan

現在進行時　Gerundio

用法　表達「正在進行」的動作。

主詞		動詞變化	
yo	我	**estoy**	**lavando**
tú / vos	你	**estás**	**lavando**
usted	您	**está**	**lavando**
él / ella	他 / 她	**está**	**lavando**
nosotros (as)	我們	**estamos**	**lavando**
vosotros (as)	你們	**estáis**	**lavando**
ustedes	您們	**están**	**lavando**
ellos / ellas	他們 / 她們	**están**	**lavando**

現在完成時　Pretérito Perfecto

用法　表達「剛做完」或「不久前完成」的動作。

主詞		動詞變化	
yo	我	**he**	**lavado**
tú / vos	你	**has**	**lavado**
usted	您	**ha**	**lavado**
él / ella	他 / 她	**ha**	**lavado**
nosotros (as)	我們	**hemos**	**lavado**
vosotros (as)	你們	**habéis**	**lavado**
ustedes	您們	**han**	**lavado**
ellos / ellas	他們 / 她們	**han**	**lavado**

過去時　Pretérito Indefinido

用法　表達「過去發生」的動作。

主詞		動詞變化
yo	我	**lavé**
tú / vos	你	**lavaste**
usted	您	**lavó**
él / ella	他 / 她	**lavó**
nosotros (as)	我們	**lavamos**
vosotros (as)	你們	**lavasteis**
ustedes	您們	**lavaron**
ellos / ellas	他們 / 她們	**lavaron**

未來時　Futuro Imperfecto

用法　表達「未來發生」的動作。

主詞		動詞變化
yo	我	**lavaré**
tú / vos	你	**lavarás**
usted	您	**lavará**
él / ella	他 / 她	**lavará**
nosotros (as)	我們	**lavaremos**
vosotros (as)	你們	**lavaréis**
ustedes	您們	**lavarán**
ellos / ellas	他們 / 她們	**lavarán**

你可以這樣說 ¡A practicar!

▶ **Ya me he lavado las manos.**
我已經洗過手了。（現在完成時）

▶ **Mi amiga lava su ropa en la lavandería.**
我的朋友在洗衣店洗她的衣服。（現在時）

西語會話開口說 ¡A hablar!

A ¿Dónde está tu hermano?
妳的弟弟在哪裡？

B Está lavando la bicicleta en el jardín.
他正在花園洗腳踏車。（現在進行時）

動詞篇 43

Leer 讀、閱讀

MP3-43

現在時 Presente

用法 表達「頻繁發生的事件」或「現在發生」的動作。

主詞		動詞變化
yo	我	**leo**
tú / vos	你	**lees / leés**
usted	您	**lee**
él / ella	他 / 她	**lee**
nosotros (as)	我們	**leemos**
vosotros (as)	你們	**leéis**
ustedes	您們	**leen**
ellos / ellas	他們 / 她們	**leen**

現在進行時　Gerundio

用法　表達「正在進行」的動作。

主詞		動詞變化	
yo	我	estoy	leyendo
tú / vos	你	estás	leyendo
usted	您	está	leyendo
él / ella	他 / 她	está	leyendo
nosotros (as)	我們	estamos	leyendo
vosotros (as)	你們	estáis	leyendo
ustedes	您們	están	leyendo
ellos / ellas	他們 / 她們	están	leyendo

現在完成時　Pretérito Perfecto

用法　表達「剛做完」或「不久前完成」的動作。

主詞		動詞變化	
yo	我	he	leído
tú / vos	你	has	leído
usted	您	ha	leído
él / ella	他 / 她	ha	leído
nosotros (as)	我們	hemos	leído
vosotros (as)	你們	habéis	leído
ustedes	您們	han	leído
ellos / ellas	他們 / 她們	han	leído

過去時　Pretérito Indefinido

用法 表達「過去發生」的動作。

主詞		動詞變化
yo	我	leí
tú / vos	你	leíste
usted	您	leyó
él / ella	他 / 她	leyó
nosotros (as)	我們	leímos
vosotros (as)	你們	leísteis
ustedes	您們	leyeron
ellos / ellas	他們 / 她們	leyeron

未來時　Futuro Imperfecto

用法 表達「未來發生」的動作。

主詞		動詞變化
yo	我	leeré
tú / vos	你	leerás
usted	您	leerá
él / ella	他 / 她	leerá
nosotros (as)	我們	leeremos
vosotros (as)	你們	leeréis
ustedes	您們	leerán
ellos / ellas	他們 / 她們	leerán

你可以這樣說 ¡A practicar!

▶ Yo leo una revista todas las mañanas.
我每天早上讀一本雜誌。（現在時）

▶ Mis hijos leyeron el cuento "*Blancanieves*" ayer.
我的兒子們昨天讀《白雪公主》。（過去時）

西語會話開口說 ¡A hablar!

A ¿Qué estáis leyendo?
你們正在讀什麼？（現在進行時）

B Estamos leyendo un artículo sobre la protección del medio ambiente.
我們正在讀一篇關於環境保護的文章。（現在進行時）

Levantarse 起床

動詞篇 44

現在時 Presente

用法 表達「頻繁發生的事件」或「現在發生」的動作。

主詞		動詞變化
yo	我	**me levanto**
tú / vos	你	**te levantas**
usted	您	**se levanta**
él / ella	他 / 她	**se levanta**
nosotros (as)	我們	**nos levantamos**
vosotros (as)	你們	**os levantáis**
ustedes	您們	**se levantan**
ellos / ellas	他們 / 她們	**se levantan**

現在進行時　Gerundio

用法　表達「正在進行」的動作。

主詞		動詞變化	
yo	我	me estoy	levantando
tú / vos	你	te estás	levantando
usted	您	se está	levantando
él / ella	他 / 她	se está	levantando
nosotros (as)	我們	nos estamos	levantando
vosotros (as)	你們	os estáis	levantando
ustedes	您們	se están	levantando
ellos / ellas	他們 / 她們	se están	levantando

現在完成時　Pretérito Perfecto

用法　表達「剛做完」或「不久前完成」的動作。

主詞		動詞變化	
yo	我	me he	levantado
tú / vos	你	te has	levantado
usted	您	se ha	levantado
él / ella	他 / 她	se ha	levantado
nosotros (as)	我們	nos hemos	levantado
vosotros (as)	你們	os habéis	levantado
ustedes	您們	se han	levantado
ellos / ellas	他們 / 她們	se han	levantado

過去時　Pretérito Indefinido

用法　表達「過去發生」的動作。

主詞		動詞變化
yo	我	me levanté
tú / vos	你	te levantaste
usted	您	se levantó
él / ella	他 / 她	se levantó
nosotros (as)	我們	nos levantamos
vosotros (as)	你們	os levantasteis
ustedes	您們	se levantaron
ellos / ellas	他們 / 她們	se levantaron

未來時　Futuro Imperfecto

用法　表達「未來發生」的動作。

主詞		動詞變化
yo	我	me levantaré
tú / vos	你	te levantarás
usted	您	se levantará
él / ella	他 / 她	se levantará
nosotros (as)	我們	nos levantaremos
vosotros (as)	你們	os levantaréis
ustedes	您們	os levantarán
ellos / ellas	他們 / 她們	os levantarán

你可以這樣說 ¡A practicar!

▶ **Mis abuelos se levantaron muy temprano.**
我的祖父母很早起床。（過去時）

▶ **Mis hijos se levantan tarde los fines de semana.**
我的兒女們週末很晚起床。（現在時）

西語會話開口說 ¡A hablar!

A ¿A qué hora te levantas todos los días?
你每天幾點起床？（現在時）

B Me levanto a las 8 de la mañana.
我早上 8 點起床。（現在時）

動詞篇 45

Limpiar 清潔

MP3-45

現在時 Presente

用法 表達「頻繁發生的事件」或「現在發生」的動作。

主詞		動詞變化
yo	我	**limpio**
tú / vos	你	**limpias / limpiás**
usted	您	**limpia**
él / ella	他 / 她	**limpia**
nosotros (as)	我們	**limpiamos**
vosotros (as)	你們	**limpiáis**
ustedes	您們	**limpian**
ellos / ellas	他們 / 她們	**limpian**

現在進行時　Gerundio

用法　表達「正在進行」的動作。

主詞		動詞變化	
yo	我	estoy	limpiando
tú / vos	你	estás	limpiando
usted	您	está	limpiando
él / ella	他 / 她	está	limpiando
nosotros (as)	我們	estamos	limpiando
vosotros (as)	你們	estáis	limpiando
ustedes	您們	están	limpiando
ellos / ellas	他們 / 她們	están	limpiando

現在完成時　Pretérito Perfecto

用法　表達「剛做完」或「不久前完成」的動作。

主詞		動詞變化	
yo	我	he	limpiado
tú / vos	你	has	limpiado
usted	您	ha	limpiado
él / ella	他 / 她	ha	limpiado
nosotros (as)	我們	hemos	limpiado
vosotros (as)	你們	habéis	limpiado
ustedes	您們	han	limpiado
ellos / ellas	他們 / 她們	han	limpiado

過去時　Pretérito Indefinido

用法 表達「過去發生」的動作。

主詞		動詞變化
yo	我	limpié
tú / vos	你	limpiaste
usted	您	limpió
él / ella	他 / 她	limpió
nosotros (as)	我們	limpiamos
vosotros (as)	你們	limpiasteis
ustedes	您們	limpiaron
ellos / ellas	他們 / 她們	limpiaron

未來時　Futuro Imperfecto

用法 表達「未來發生」的動作。

主詞		動詞變化
yo	我	limpiaré
tú / vos	你	limpiarás
usted	您	limpiará
él / ella	他 / 她	limpiará
nosotros (as)	我們	limpiaremos
vosotros (as)	你們	limpiaréis
ustedes	您們	limpiarán
ellos / ellas	他們 / 她們	limpiarán

你可以這樣說 ¡A practicar!

▶ Los estudiantes ya han limpiado su habitación.
學生們已經把他們的房間打掃好了。（現在完成時）

▶ ¡No te preocupes! Yo limpiaré las ventanas.
不要擔心！我會清潔窗戶。（未來時）

西語會話開口說 ¡A hablar!

A ¿Cuándo limpiarás tu habitación?
你什麼時候會打掃你的房間？（未來時）

B La limpiaré pasado mañana.
我後天會打掃我的房間。（未來時）

動詞篇46

Llamar 叫

MP3-46

現在時 Presente

用法 表達「頻繁發生的事件」或「現在發生」的動作。

主詞		動詞變化
yo	我	**llamo**
tú / vos	你	**llamas / llamás**
usted	您	**llama**
él / ella	他 / 她	**llama**
nosotros (as)	我們	**llamamos**
vosotros (as)	你們	**llamáis**
ustedes	您們	**llaman**
ellos / ellas	他們 / 她們	**llaman**

現在進行時　Gerundio

用法　表達「正在進行」的動作。

主詞		動詞變化	
yo	我	estoy	llamando
tú / vos	你	estás	llamando
usted	您	está	llamando
él / ella	他 / 她	está	llamando
nosotros (as)	我們	estamos	llamando
vosotros (as)	你們	estáis	llamando
ustedes	您們	están	llamando
ellos / ellas	他們 / 她們	están	llamando

現在完成時　Pretérito Perfecto

用法　表達「剛做完」或「不久前完成」的動作。

主詞		動詞變化	
yo	我	he	llamado
tú / vos	你	has	llamado
usted	您	ha	llamado
él / ella	他 / 她	ha	llamado
nosotros (as)	我們	hemos	llamado
vosotros (as)	你們	habéis	llamado
ustedes	您們	han	llamado
ellos / ellas	他們 / 她們	han	llamado

過去時　Pretérito Indefinido

用法　表達「過去發生」的動作。

主詞		動詞變化
yo	我	**llamé**
tú / vos	你	**llamaste**
usted	您	**llamó**
él / ella	他 / 她	**llamó**
nosotros (as)	我們	**llamamos**
vosotros (as)	你們	**llamasteis**
ustedes	您們	**llamaron**
ellos / ellas	他們 / 她們	**llamaron**

未來時　Futuro Imperfecto

用法　表達「未來發生」的動作。

主詞		動詞變化
yo	我	**llamaré**
tú / vos	你	**llamarás**
usted	您	**llamará**
él / ella	他 / 她	**llamará**
nosotros (as)	我們	**llamaremos**
vosotros (as)	你們	**llamaréis**
ustedes	您們	**llamarán**
ellos / ellas	他們 / 她們	**llamarán**

你可以這樣說 ¡A practicar!

▶ **Ya hemos llamado a la policía.**
我們已經叫警察了。（現在完成時）

▶ **Me llamo José María. ¡Mucho gusto!**
我叫荷西瑪麗亞（José María）。很高興認識你！（現在時）

西語會話開口說 ¡A hablar!

A **¿Cuándo me llamarás por teléfono?**
你什麼時候會打電話給我？（未來時）

B **Te llamaré mañana a las tres en punto.**
我明天三點整會打電話給你。（未來時）

215

動詞篇47

Llegar 抵達、到達

MP3-47

現在時 Presente

用法 表達「頻繁發生的事件」或「現在發生」的動作。

主詞		動詞變化
yo	我	**llego**
tú / vos	你	**llegas / llegás**
usted	您	**llega**
él / ella	他 / 她	**llega**
nosotros (as)	我們	**llegamos**
vosotros (as)	你們	**llegáis**
ustedes	您們	**llegan**
ellos / ellas	他們 / 她們	**llegan**

現在進行時　Gerundio

用法　表達「正在進行」的動作。

主詞		動詞變化	
yo	我	estoy	llegando
tú / vos	你	estás	llegando
usted	您	está	llegando
él / ella	他 / 她	está	llegando
nosotros (as)	我們	estamos	llegando
vosotros (as)	你們	estáis	llegando
ustedes	您們	están	llegando
ellos / ellas	他們 / 她們	están	llegando

現在完成時　Pretérito Perfecto

用法　表達「剛做完」或「不久前完成」的動作。

主詞		動詞變化	
yo	我	he	llegado
tú / vos	你	has	llegado
usted	您	ha	llegado
él / ella	他 / 她	ha	llegado
nosotros (as)	我們	hemos	llegado
vosotros (as)	你們	habéis	llegado
ustedes	您們	han	llegado
ellos / ellas	他們 / 她們	han	llegado

過去時　Pretérito Indefinido

用法 表達「過去發生」的動作。

主詞		動詞變化
yo	我	**llegué**
tú / vos	你	**llegaste**
usted	您	**llegó**
él / ella	他 / 她	**llegó**
nosotros (as)	我們	**llegamos**
vosotros (as)	你們	**llegasteis**
ustedes	您們	**llegaron**
ellos / ellas	他們 / 她們	**llegaron**

未來時　Futuro Imperfecto

用法 表達「未來發生」的動作。

主詞		動詞變化
yo	我	**llegaré**
tú / vos	你	**llegarás**
usted	您	**llegará**
él / ella	他 / 她	**llegará**
nosotros (as)	我們	**llegaremos**
vosotros (as)	你們	**llegaréis**
ustedes	您們	**llegarán**
ellos / ellas	他們 / 她們	**llegarán**

你可以這樣說 ¡A practicar!

▶ **El avión llega a las 3:20 de la tarde.**
飛機下午 3:20 抵達。（現在時）

▶ **Todavía no ha llegado la postal de mi nieto.**
我孫子的明信片還沒寄到。（現在完成時）

西語會話開口說 ¡A hablar!

A **¿Cuándo llegaron tus suegros?**
妳的公婆什麼時候抵達的？（過去時）

B **Ellos llegaron anoche.**
他們昨晚抵達。（過去時）

動詞篇 48

Llevar 帶

現在時 Presente

用法 表達「頻繁發生的事件」或「現在發生」的動作。

主詞		動詞變化
yo	我	llevo
tú / vos	你	llevas / llevás
usted	您	lleva
él / ella	他 / 她	lleva
nosotros (as)	我們	llevamos
vosotros (as)	你們	lleváis
ustedes	您們	llevan
ellos / ellas	他們 / 她們	llevan

現在進行時　Gerundio

用法　表達「正在進行」的動作。

主詞		動詞變化	
yo	我	estoy	llevando
tú / vos	你	estás	llevando
usted	您	está	llevando
él / ella	他 / 她	está	llevando
nosotros (as)	我們	estamos	llevando
vosotros (as)	你們	estáis	llevando
ustedes	您們	están	llevando
ellos / ellas	他們 / 她們	están	llevando

現在完成時　Pretérito Perfecto

用法　表達「剛做完」或「不久前完成」的動作。

主詞		動詞變化	
yo	我	he	llevado
tú / vos	你	has	llevado
usted	您	ha	llevado
él / ella	他 / 她	ha	llevado
nosotros (as)	我們	hemos	llevado
vosotros (as)	你們	habéis	llevado
ustedes	您們	han	llevado
ellos / ellas	他們 / 她們	han	llevado

過去時 Pretérito Indefinido

用法 表達「過去發生」的動作。

主詞		動詞變化
yo	我	**llevé**
tú / vos	你	**llevaste**
usted	您	**llevó**
él / ella	他 / 她	**llevó**
nosotros (as)	我們	**llevamos**
vosotros (as)	你們	**llevasteis**
ustedes	您們	**llevaron**
ellos / ellas	他們 / 她們	**llevaron**

未來時 Futuro Imperfecto

用法 表達「未來發生」的動作。

主詞		動詞變化
yo	我	**llevaré**
tú / vos	你	**llevarás**
usted	您	**llevará**
él / ella	他 / 她	**llevará**
nosotros (as)	我們	**llevaremos**
vosotros (as)	你們	**llevaréis**
ustedes	您們	**llevarán**
ellos / ellas	他們 / 她們	**llevarán**

你可以這樣說 ¡A practicar!

▶ Yo llevaré estas bolsas a la oficina.
我會帶這些袋子去辦公室。（未來時）

▶ Llevé a mi hijo al zoo.
我帶了我的兒子去動物園。（過去時）

西語會話開口說 ¡A hablar!

A ¿Qué tipo de comida llevarás a la fiesta?
你會帶哪種食物去派對？（未來時）

B Llevaré un pollo asado y un pastel de frutas.
我會帶烤雞和水果蛋糕。（未來時）

Llorar 哭

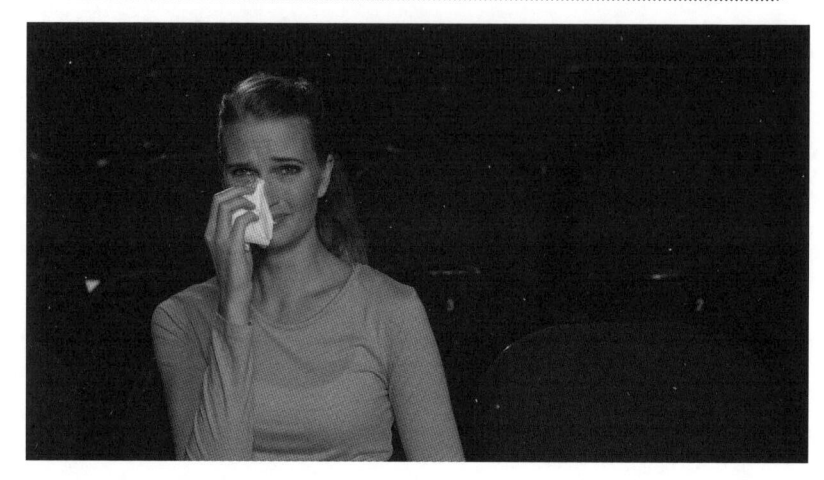

動詞篇 49 　MP3-49

現在時 Presente

用法 表達「頻繁發生的事件」或「現在發生」的動作。

主詞		動詞變化
yo	我	lloro
tú / vos	你	lloras / llorás
usted	您	llora
él / ella	他 / 她	llora
nosotros (as)	我們	lloramos
vosotros (as)	你們	lloráis
ustedes	您們	lloran
ellos / ellas	他們 / 她們	lloran

現在進行時　Gerundio

用法　表達「正在進行」的動作。

主詞		動詞變化	
yo	我	estoy	llorando
tú / vos	你	estás	llorando
usted	您	está	llorando
él / ella	他 / 她	está	llorando
nosotros (as)	我們	estamos	llorando
vosotros (as)	你們	estáis	llorando
ustedes	您們	están	llorando
ellos / ellas	他們 / 她們	están	llorando

現在完成時　Pretérito Perfecto

用法　表達「剛做完」或「不久前完成」的動作。

主詞		動詞變化	
yo	我	he	llorado
tú / vos	你	has	llorado
usted	您	ha	llorado
él / ella	他 / 她	ha	llorado
nosotros (as)	我們	hemos	llorado
vosotros (as)	你們	habéis	llorado
ustedes	您們	han	llorado
ellos / ellas	他們 / 她們	han	llorado

過去時　Pretérito Indefinido

用法　表達「過去發生」的動作。

主詞		動詞變化
yo	我	**lloré**
tú / vos	你	**lloraste**
usted	您	**lloró**
él / ella	他 / 她	**lloró**
nosotros (as)	我們	**lloramos**
vosotros (as)	你們	**llorasteis**
ustedes	您們	**lloraron**
ellos / ellas	他們 / 她們	**lloraron**

未來時　Futuro Imperfecto

用法　表達「未來發生」的動作。

主詞		動詞變化
yo	我	**lloraré**
tú / vos	你	**llorarás**
usted	您	**llorará**
él / ella	他 / 她	**llorará**
nosotros (as)	我們	**lloraremos**
vosotros (as)	你們	**lloraréis**
ustedes	您們	**llorarán**
ellos / ellas	他們 / 她們	**llorarán**

你可以這樣說 ¡A practicar!

▶ **El bebé llora todas las noches.**
寶寶每天晚上哭。(現在時)

▶ **Tú llorarás cuando veas esta película.**
當你看這部電影的時候你會哭。(未來時)

西語會話開口說 ¡A hablar!

A **¿Por qué estás llorando?**
你為什麼正在哭?(現在進行時)

B **Porque mi novia no me ama.**
因為我的女朋友不愛我。

動詞篇50

Montar 騎

現在時 Presente

用法 表達「頻繁發生的事件」或「現在發生」的動作。

主詞		動詞變化
yo	我	**monto**
tú / vos	你	**montas / montás**
usted	您	**monta**
él / ella	他 / 她	**monta**
nosotros (as)	我們	**montamos**
vosotros (as)	你們	**montáis**
ustedes	您們	**montan**
ellos / ellas	他們 / 她們	**montan**

現在進行時　Gerundio

用法　表達「正在進行」的動作。

主詞		動詞變化	
yo	我	estoy	montando
tú / vos	你	estás	montando
usted	您	está	montando
él / ella	他 / 她	está	montando
nosotros (as)	我們	estamos	montando
vosotros (as)	你們	estáis	montando
ustedes	您們	están	montando
ellos / ellas	他們 / 她們	están	montando

現在完成時　Pretérito Perfecto

用法　表達「剛做完」或「不久前完成」的動作。

主詞		動詞變化	
yo	我	he	montado
tú / vos	你	has	montado
usted	您	ha	montado
él / ella	他 / 她	ha	montado
nosotros (as)	我們	hemos	montado
vosotros (as)	你們	habéis	montado
ustedes	您們	han	montado
ellos / ellas	他們 / 她們	han	montado

過去時 Pretérito Indefinido

用法 表達「過去發生」的動作。

主詞		動詞變化
yo	我	monté
tú / vos	你	montaste
usted	您	montó
él / ella	他 / 她	montó
nosotros (as)	我們	montamos
vosotros (as)	你們	montasteis
ustedes	您們	montaron
ellos / ellas	他們 / 她們	montaron

未來時 Futuro Imperfecto

用法 表達「未來發生」的動作。

主詞		動詞變化
yo	我	montaré
tú / vos	你	montarás
usted	您	montará
él / ella	他 / 她	montará
nosotros (as)	我們	montaremos
vosotros (as)	你們	montaréis
ustedes	您們	montarán
ellos / ellas	他們 / 她們	montarán

你可以這樣說 ¡A practicar!

▶ Yo monté en moto el año pasado.
我去年騎摩托車。（過去時）

▶ Mi esposa está montando en bicicleta.
我的太太正在騎腳踏車。（現在進行時）

西語會話開口說 ¡A hablar!

A ¿Dónde montarás a caballo mañana?
你明天會在哪裡騎馬？（未來時）

B En la montaña.
在山上。

動詞篇 51
Nadar 游泳

MP3-51

現在時 Presente

用法 表達「頻繁發生的事件」或「現在發生」的動作。

主詞		動詞變化
yo	我	**nado**
tú / vos	你	**nadas / nadás**
usted	您	**nada**
él / ella	他 / 她	**nada**
nosotros (as)	我們	**nadamos**
vosotros (as)	你們	**nadáis**
ustedes	您們	**nadan**
ellos / ellas	他們 / 她們	**nadan**

現在進行時　Gerundio

用法　表達「正在進行」的動作。

主詞		動詞變化	
yo	我	**estoy**	**nadando**
tú / vos	你	**estás**	**nadando**
usted	您	**está**	**nadando**
él / ella	他 / 她	**está**	**nadando**
nosotros (as)	我們	**estamos**	**nadando**
vosotros (as)	你們	**estáis**	**nadando**
ustedes	您們	**están**	**nadando**
ellos / ellas	他們 / 她們	**están**	**nadando**

現在完成時　Pretérito Perfecto

用法　表達「剛做完」或「不久前完成」的動作。

主詞		動詞變化	
yo	我	**he**	**nadado**
tú / vos	你	**has**	**nadado**
usted	您	**ha**	**nadado**
él / ella	他 / 她	**ha**	**nadado**
nosotros (as)	我們	**hemos**	**nadado**
vosotros (as)	你們	**habéis**	**nadado**
ustedes	您們	**han**	**nadado**
ellos / ellas	他們 / 她們	**han**	**nadado**

過去時　Pretérito Indefinido

用法 表達「過去發生」的動作。

主詞		動詞變化
yo	我	**nadé**
tú / vos	你	**nadaste**
usted	您	**nadó**
él / ella	他 / 她	**nadó**
nosotros (as)	我們	**nadamos**
vosotros (as)	你們	**nadasteis**
ustedes	您們	**nadaron**
ellos / ellas	他們 / 她們	**nadaron**

未來時　Futuro Imperfecto

用法 表達「未來發生」的動作。

主詞		動詞變化
yo	我	**nadaré**
tú / vos	你	**nadarás**
usted	您	**nadará**
él / ella	他 / 她	**nadará**
nosotros (as)	我們	**nadaremos**
vosotros (as)	你們	**nadaréis**
ustedes	您們	**nadarán**
ellos / ellas	他們 / 她們	**nadarán**

你可以這樣說 ¡A practicar!

▶ Yo nado en la piscina todas las mañanas.
我每天早上在游泳池游泳。（現在時）

▶ Ellos nadarán cuatro horas este fin de semana.
他們這個週末會游泳四個小時。（未來時）

西語會話開口說 ¡A hablar!

A ¿Con quién nadaste?
你跟誰游泳？（過去時）

B Nadé con mi amiga.
我跟我的朋友游泳。（過去時）

動詞篇 52

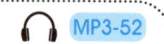

Necesitar 需要

現在時 Presente

用法 表達「頻繁發生的事件」或「現在發生」的動作。

主詞		動詞變化
yo	我	necesito
tú / vos	你	necesitas / necesitás
usted	您	necesita
él / ella	他 / 她	necesita
nosotros (as)	我們	necesitamos
vosotros (as)	你們	necesitáis
ustedes	您們	necesitan
ellos / ellas	他們 / 她們	necesitan

現在進行時　Gerundio

用法　表達「正在進行」的動作。

主詞		動詞變化	
yo	我	**estoy**	necesitando
tú / vos	你	**estás**	necesitando
usted	您	**está**	necesitando
él / ella	他 / 她	**está**	necesitando
nosotros (as)	我們	**estamos**	necesitando
vosotros (as)	你們	**estáis**	necesitando
ustedes	您們	**están**	necesitando
ellos / ellas	他們 / 她們	**están**	necesitando

現在完成時　Pretérito Perfecto

用法　表達「剛做完」或「不久前完成」的動作。

主詞		動詞變化	
yo	我	**he**	necesitado
tú / vos	你	**has**	necesitado
usted	您	**ha**	necesitado
él / ella	他 / 她	**ha**	necesitado
nosotros (as)	我們	**hemos**	necesitado
vosotros (as)	你們	**habéis**	necesitado
ustedes	您們	**han**	necesitado
ellos / ellas	他們 / 她們	**han**	necesitado

過去時　Pretérito Indefinido

用法 表達「過去發生」的動作。

主詞		動詞變化
yo	我	necesité
tú / vos	你	necesitaste
usted	您	necesitó
él / ella	他 / 她	necesitó
nosotros (as)	我們	necesitamos
vosotros (as)	你們	necesitasteis
ustedes	您們	necesitaron
ellos / ellas	他們 / 她們	necesitaron

未來時　Futuro Imperfecto

用法 表達「未來發生」的動作。

主詞		動詞變化
yo	我	necesitaré
tú / vos	你	necesitarás
usted	您	necesitará
él / ella	他 / 她	necesitará
nosotros (as)	我們	necesitaremos
vosotros (as)	你們	necesitaréis
ustedes	您們	necesitarán
ellos / ellas	他們 / 她們	necesitarán

你可以這樣說 ¡A practicar!

▶ **Yo necesitaré un paraguas.**
我會需要一把雨傘。（未來時）

▶ **Ellos necesitaron los libros de español.**
他們需要西班牙語的書。（過去時）

西語會話開口說 ¡A hablar!

A ¿Cuántos entradas necesita?
您需要幾張票？（現在時）

B Necesito tres entradas.
我需要三張票。（現在時）

動詞篇53

Olvidar 忘記

MP3-53

現在時 Presente

用法 表達「頻繁發生的事件」或「現在發生」的動作。

主詞		動詞變化
yo	我	olvido
tú / vos	你	olvidas / olvidás
usted	您	olvida
él / ella	他 / 她	olvida
nosotros (as)	我們	olvidamos
vosotros (as)	你們	olvidáis
ustedes	您們	olvidan
ellos / ellas	他們 / 她們	olvidan

現在進行時　Gerundio

用法　表達「正在進行」的動作。

主詞		動詞變化	
yo	我	estoy	olvidando
tú / vos	你	estás	olvidando
usted	您	está	olvidando
él / ella	他 / 她	está	olvidando
nosotros (as)	我們	estamos	olvidando
vosotros (as)	你們	estáis	olvidando
ustedes	您們	están	olvidando
ellos / ellas	他們 / 她們	están	olvidando

現在完成時　Pretérito Perfecto

用法　表達「剛做完」或「不久前完成」的動作。

主詞		動詞變化	
yo	我	he	olvidado
tú / vos	你	has	olvidado
usted	您	ha	olvidado
él / ella	他 / 她	ha	olvidado
nosotros (as)	我們	hemos	olvidado
vosotros (as)	你們	habéis	olvidado
ustedes	您們	han	olvidado
ellos / ellas	他們 / 她們	han	olvidado

過去時　Pretérito Indefinido

> 用法　表達「過去發生」的動作。

主詞		動詞變化
yo	我	**olvidé**
tú / vos	你	**olvidaste**
usted	您	**olvidó**
él / ella	他 / 她	**olvidó**
nosotros (as)	我們	**olvidamos**
vosotros (as)	你們	**olvidasteis**
ustedes	您們	**olvidaron**
ellos / ellas	他們 / 她們	**olvidaron**

未來時　Futuro Imperfecto

> 用法　表達「未來發生」的動作。

主詞		動詞變化
yo	我	**olvidaré**
tú / vos	你	**olvidarás**
usted	您	**olvidará**
él / ella	他 / 她	**olvidará**
nosotros (as)	我們	**olvidaremos**
vosotros (as)	你們	**olvidaréis**
ustedes	您們	**olvidarán**
ellos / ellas	他們 / 她們	**olvidarán**

你可以這樣說 ¡A practicar!

▶ **Él siempre olvida mi número de teléfono.**
他總是忘記我的電話號碼。（現在時）

▶ **Mi hermano olvidó ir a clases ayer.**
我的弟弟昨天忘記去上課。（過去時）

西語會話開口說 ¡A hablar!

A **Disculpe, he olvidado su nombre.**
不好意思，我忘記你的名字了。（現在完成時）

B **No se preocupe. Soy Luis. Mucho gusto.**
沒有關係。我是路易士（Luis）。很高興認識你。

動詞篇 54

Pagar 付款

🎧 MP3-54

現在時 Presente

用法 表達「頻繁發生的事件」或「現在發生」的動作。

主詞		動詞變化
yo	我	**pago**
tú / vos	你	**pagas / pagás**
usted	您	**paga**
él / ella	他 / 她	**paga**
nosotros (as)	我們	**pagamos**
vosotros (as)	你們	**pagáis**
ustedes	您們	**pagan**
ellos / ellas	他們 / 她們	**pagan**

現在進行時　Gerundio

用法 表達「正在進行」的動作。

主詞		動詞變化	
yo	我	estoy	pagando
tú / vos	你	estás	pagando
usted	您	está	pagando
él / ella	他 / 她	está	pagando
nosotros (as)	我們	estamos	pagando
vosotros (as)	你們	estáis	pagando
ustedes	您們	están	pagando
ellos / ellas	他們 / 她們	están	pagando

現在完成時　Pretérito Perfecto

用法 表達「剛做完」或「不久前完成」的動作。

主詞		動詞變化	
yo	我	he	pagado
tú / vos	你	has	pagado
usted	您	ha	pagado
él / ella	他 / 她	ha	pagado
nosotros (as)	我們	hemos	pagado
vosotros (as)	你們	habéis	pagado
ustedes	您們	han	pagado
ellos / ellas	他們 / 她們	han	pagado

過去時　Pretérito Indefinido

用法　表達「過去發生」的動作。

主詞		動詞變化
yo	我	pagué
tú / vos	你	pagaste
usted	您	pagó
él / ella	他 / 她	pagó
nosotros (as)	我們	pagamos
vosotros (as)	你們	pagasteis
ustedes	您們	pagaron
ellos / ellas	他們 / 她們	pagaron

未來時　Futuro Imperfecto

用法　表達「未來發生」的動作。

主詞		動詞變化
yo	我	pagaré
tú / vos	你	pagarás
usted	您	pagará
él / ella	他 / 她	pagará
nosotros (as)	我們	pagaremos
vosotros (as)	你們	pagaréis
ustedes	您們	pagarán
ellos / ellas	他們 / 她們	pagarán

你可以這樣說 ¡A practicar!

▶ Ya he pagado la cuenta con la tarjeta de crédito.
我已經用信用卡買單了。（現在完成時）

▶ Ellos pagarán el préstamo mañana.
他們明天會付貸款。（未來時）

西語會話開口說 ¡A hablar!

A ¿Cuándo me pagará el alquiler?
你什麼時候會付房租給我？（未來時）

B Le pagaré en la tarde.
我下午會付給你。（未來時）

動詞篇 55

Pasear 散步

現在時 Presente

用法 表達「頻繁發生的事件」或「現在發生」的動作。

主詞		動詞變化
yo	我	paseo
tú / vos	你	paseas / paseás
usted	您	pasea
él / ella	他 / 她	pasea
nosotros (as)	我們	paseamos
vosotros (as)	你們	paseáis
ustedes	您們	pasean
ellos / ellas	他們 / 她們	pasean

現在進行時　Gerundio

用法　表達「正在進行」的動作。

主詞		動詞變化	
yo	我	estoy	paseando
tú / vos	你	estás	paseando
usted	您	está	paseando
él / ella	他 / 她	está	paseando
nosotros (as)	我們	estamos	paseando
vosotros (as)	你們	estáis	paseando
ustedes	您們	están	paseando
ellos / ellas	他們 / 她們	están	paseando

現在完成時　Pretérito Perfecto

用法　表達「剛做完」或「不久前完成」的動作。

主詞		動詞變化	
yo	我	he	paseado
tú / vos	你	has	paseado
usted	您	ha	paseado
él / ella	他 / 她	ha	paseado
nosotros (as)	我們	hemos	paseado
vosotros (as)	你們	habéis	paseado
ustedes	您們	han	paseado
ellos / ellas	他們 / 她們	han	paseado

過去時　Pretérito Indefinido

用法 表達「過去發生」的動作。

主詞		動詞變化
yo	我	**paseé**
tú / vos	你	**paseaste**
usted	您	**paseó**
él / ella	他 / 她	**paseó**
nosotros (as)	我們	**paseamos**
vosotros (as)	你們	**paseasteis**
ustedes	您們	**pasearon**
ellos / ellas	他們 / 她們	**pasearon**

未來時　Futuro Imperfecto

用法 表達「未來發生」的動作。

主詞		動詞變化
yo	我	**pasearé**
tú / vos	你	**pasearás**
usted	您	**paseará**
él / ella	他 / 她	**paseará**
nosotros (as)	我們	**pasearemos**
vosotros (as)	你們	**pasearéis**
ustedes	您們	**pasearán**
ellos / ellas	他們 / 她們	**pasearán**

你可以這樣說 ¡A practicar!

▶ Mi abuela pasea por la playa todos los días.

我的奶奶每天在海灘散步。（現在時）

▶ Mi hermana paseará al perro mañana.

我的姊姊明天帶狗去散步。（未來時）

西語會話開口說 ¡A hablar!

A ¿Con quién paseasteis ayer?

你們昨天跟誰散步？（過去時）

B Paseamos con nuestro profesor.

我們跟我們的教授散步。（過去時）

Pedir 要求

現在時 Presente

用法 表達「頻繁發生的事件」或「現在發生」的動作。

主詞		動詞變化
yo	我	**pido**
tú / vos	你	**pides / pedís**
usted	您	**pide**
él / ella	他 / 她	**pide**
nosotros (as)	我們	**pedimos**
vosotros (as)	你們	**pedís**
ustedes	您們	**piden**
ellos / ellas	他們 / 她們	**piden**

現在進行時　Gerundio

用法　表達「正在進行」的動作。

主詞		動詞變化	
yo	我	estoy	pidiendo
tú / vos	你	estás	pidiendo
usted	您	está	pidiendo
él / ella	他 / 她	está	pidiendo
nosotros (as)	我們	estamos	pidiendo
vosotros (as)	你們	estáis	pidiendo
ustedes	您們	están	pidiendo
ellos / ellas	他們 / 她們	están	pidiendo

現在完成時　Pretérito Perfecto

用法　表達「剛做完」或「不久前完成」的動作。

主詞		動詞變化	
yo	我	he	pedido
tú / vos	你	has	pedido
usted	您	ha	pedido
él / ella	他 / 她	ha	pedido
nosotros (as)	我們	hemos	pedido
vosotros (as)	你們	habéis	pedido
ustedes	您們	han	pedido
ellos / ellas	他們 / 她們	han	pedido

過去時　Pretérito Indefinido

用法 表達「過去發生」的動作。

主詞		動詞變化
yo	我	pedí
tú / vos	你	pediste
usted	您	pidió
él / ella	他 / 她	pidió
nosotros (as)	我們	pedimos
vosotros (as)	你們	pedisteis
ustedes	您們	pidieron
ellos / ellas	他們 / 她們	pidieron

未來時　Futuro Imperfecto

用法 表達「未來發生」的動作。

主詞		動詞變化
yo	我	pediré
tú / vos	你	pedirás
usted	您	pedirá
él / ella	他 / 她	pedirá
nosotros (as)	我們	pediremos
vosotros (as)	你們	pediréis
ustedes	您們	pedirán
ellos / ellas	他們 / 她們	pedirán

你可以這樣說 ¡A practicar!

▶ El empleado está pidiendo un aumento de salario.

員工正在要求加薪。（現在進行時）

▶ Le pediré un cepillo de dientes mañana.

我明天會要求一支牙刷。（未來時）

西語會話開口說 ¡A hablar!

A ¿Qué le pediste a tu novio?

妳向妳的男朋友要求了什麼？（過去時）

B Le pedí un anillo de compromiso.

我向他要了一只訂婚戒指。（過去時）

動詞篇 57

Pensar 想

MP3-57

現在時 Presente

用法 表達「頻繁發生的事件」或「現在發生」的動作。

主詞		動詞變化
yo	我	**pienso**
tú / vos	你	**piensas / pensás**
usted	您	**piensa**
él / ella	他 / 她	**piensa**
nosotros (as)	我們	**pensamos**
vosotros (as)	你們	**pensáis**
ustedes	您們	**piensan**
ellos / ellas	他們 / 她們	**piensan**

256

現在進行時　Gerundio

用法　表達「正在進行」的動作。

主詞		動詞變化	
yo	我	estoy	pensando
tú / vos	你	estás	pensando
usted	您	está	pensando
él / ella	他 / 她	está	pensando
nosotros (as)	我們	estamos	pensando
vosotros (as)	你們	estáis	pensando
ustedes	您們	están	pensando
ellos / ellas	他們 / 她們	están	pensando

現在完成時　Pretérito Perfecto

用法　表達「剛做完」或「不久前完成」的動作。

主詞		動詞變化	
yo	我	he	pensado
tú / vos	你	has	pensado
usted	您	ha	pensado
él / ella	他 / 她	ha	pensado
nosotros (as)	我們	hemos	pensado
vosotros (as)	你們	habéis	pensado
ustedes	您們	han	pensado
ellos / ellas	他們 / 她們	han	pensado

過去時　Pretérito Indefinido

用法　表達「過去發生」的動作。

主詞		動詞變化
yo	我	pensé
tú / vos	你	pensaste
usted	您	pensó
él / ella	他 / 她	pensó
nosotros (as)	我們	pensamos
vosotros (as)	你們	pensasteis
ustedes	您們	pensaron
ellos / ellas	他們 / 她們	pensaron

未來時　Futuro Imperfecto

用法　表達「未來發生」的動作。

主詞		動詞變化
yo	我	pensaré
tú / vos	你	pensarás
usted	您	pensará
él / ella	他 / 她	pensará
nosotros (as)	我們	pensaremos
vosotros (as)	你們	pensaréis
ustedes	您們	pensarán
ellos / ellas	他們 / 她們	pensarán

你可以這樣說 ¡A practicar!

▶ Siempre pienso en ti.
我總是想著你。（現在時）

▶ Mi jefe piensa que esta propuesta es excelente.
我的老闆認為這個提案很優秀。（現在時）

西語會話開口說 ¡A hablar!

A ¿Qué piensas hacer?
你想做什麼？（現在時）

B Pienso estudiar en la biblioteca.
我想在圖書館讀書。（現在時）

動詞篇58

Poder 可以、能

MP3-58

現在時 Presente

用法 表達「頻繁發生的事件」或「現在發生」的動作。

主詞		動詞變化
yo	我	**puedo**
tú / vos	你	**puedes / podés**
usted	您	**puede**
él / ella	他 / 她	**puede**
nosotros (as)	我們	**podemos**
vosotros (as)	你們	**podéis**
ustedes	您們	**pueden**
ellos / ellas	他們 / 她們	**pueden**

現在進行時　Gerundio

用法　表達「正在進行」的動作。

主詞		動詞變化	
yo	我	estoy	pudiendo
tú / vos	你	estás	pudiendo
usted	您	está	pudiendo
él / ella	他 / 她	está	pudiendo
nosotros (as)	我們	estamos	pudiendo
vosotros (as)	你們	estáis	pudiendo
ustedes	您們	están	pudiendo
ellos / ellas	他們 / 她們	están	pudiendo

現在完成時　Pretérito Perfecto

用法　表達「剛做完」或「不久前完成」的動作。

主詞		動詞變化	
yo	我	he	podido
tú / vos	你	has	podido
usted	您	ha	podido
él / ella	他 / 她	ha	podido
nosotros (as)	我們	hemos	podido
vosotros (as)	你們	habéis	podido
ustedes	您們	han	podido
ellos / ellas	他們 / 她們	han	podido

過去時 Pretérito Indefinido

用法 表達「過去發生」的動作。

主詞		動詞變化
yo	我	pude
tú / vos	你	pudiste
usted	您	pudo
él / ella	他 / 她	pudo
nosotros (as)	我們	pudimos
vosotros (as)	你們	pudisteis
ustedes	您們	pudieron
ellos / ellas	他們 / 她們	pudieron

未來時 Futuro Imperfecto

用法 表達「未來發生」的動作。

主詞		動詞變化
yo	我	podré
tú / vos	你	podrás
usted	您	podrá
él / ella	他 / 她	podrá
nosotros (as)	我們	podremos
vosotros (as)	你們	podréis
ustedes	您們	podrán
ellos / ellas	他們 / 她們	podrán

你可以這樣說 ¡A practicar!

▶ Aquí no se puede fumar.
這裡不能抽菸。（現在時）

▶ Te tengo buenas noticias. Podré conducir el coche mañana.
我有好消息。明天我可以開車。（未來時）

西語會話開口說 ¡A hablar!

A ¿Nos podemos sentar aquí?
我們可以坐在這裡嗎？（現在時）

B Claro.
當然。

Poner 放

動詞篇59　MP3-59

現在時　Presente

用法　表達「頻繁發生的事件」或「現在發生」的動作。

主詞		動詞變化
yo	我	pongo
tú / vos	你	pones / ponés
usted	您	pone
él / ella	他 / 她	pone
nosotros (as)	我們	ponemos
vosotros (as)	你們	ponéis
ustedes	您們	ponen
ellos / ellas	他們 / 她們	ponen

現在進行時　Gerundio

用法　表達「正在進行」的動作。

主詞		動詞變化	
yo	我	estoy	poniendo
tú / vos	你	estás	poniendo
usted	您	está	poniendo
él / ella	他 / 她	está	poniendo
nosotros (as)	我們	estamos	poniendo
vosotros (as)	你們	estáis	poniendo
ustedes	您們	están	poniendo
ellos / ellas	他們 / 她們	están	poniendo

現在完成時　Pretérito Perfecto

用法　表達「剛做完」或「不久前完成」的動作。

主詞		動詞變化	
yo	我	he	puesto
tú / vos	你	has	puesto
usted	您	ha	puesto
él / ella	他 / 她	ha	puesto
nosotros (as)	我們	hemos	puesto
vosotros (as)	你們	habéis	puesto
ustedes	您們	han	puesto
ellos / ellas	他們 / 她們	han	puesto

過去時　Pretérito Indefinido

用法 表達「過去發生」的動作。

主詞		動詞變化
yo	我	puse
tú / vos	你	pusiste
usted	您	puso
él / ella	他 / 她	puso
nosotros (as)	我們	pusimos
vosotros (as)	你們	pusisteis
ustedes	您們	pusieron
ellos / ellas	他們 / 她們	pusieron

未來時　Futuro Imperfecto

用法 表達「未來發生」的動作。

主詞		動詞變化
yo	我	pondré
tú / vos	你	pondrás
usted	您	pondrá
él / ella	他 / 她	pondrá
nosotros (as)	我們	pondremos
vosotros (as)	你們	pondréis
ustedes	您們	pondrán
ellos / ellas	他們 / 她們	pondrán

你可以這樣說 ¡A practicar!

▶ Yo he puesto la ropa en el armario.
我把衣服放到衣櫃了。（現在完成時）

▶ Los huéspedes pusieron sus pasaportes en la caja de seguridad.
顧客們把他們的護照放在保險箱了。（過去時）

西語會話開口說 ¡A hablar!

A ¿Dónde pusiste el diccionario?
你把字典放在哪裡了？（過去時）

B Lo puse en la estantería.
我放在書櫃裡了。（過去時）

動詞篇 60

Practicar 練習

現在時 Presente

用法 表達「頻繁發生的事件」或「現在發生」的動作。

主詞		動詞變化
yo	我	practico
tú / vos	你	practicas
usted	您	practica
él / ella	他 / 她	practica
nosotros (as)	我們	practicamos
vosotros (as)	你們	practicáis
ustedes	您們	practican
ellos / ellas	他們 / 她們	practican

現在進行時　Gerundio

用法　表達「正在進行」的動作。

主詞		動詞變化	
yo	我	estoy	practicando
tú / vos	你	estás	practicando
usted	您	está	practicando
él / ella	他 / 她	está	practicando
nosotros (as)	我們	estamos	practicando
vosotros (as)	你們	estáis	practicando
ustedes	您們	están	practicando
ellos / ellas	他們 / 她們	están	practicando

現在完成時　Pretérito Perfecto

用法　表達「剛做完」或「不久前完成」的動作。

主詞		動詞變化	
yo	我	he	practicado
tú / vos	你	has	practicado
usted	您	ha	practicado
él / ella	他 / 她	ha	practicado
nosotros (as)	我們	hemos	practicado
vosotros (as)	你們	habéis	practicado
ustedes	您們	han	practicado
ellos / ellas	他們 / 她們	han	practicado

過去時　Pretérito Indefinido

用法 表達「過去發生」的動作。

主詞		動詞變化
yo	我	**practiqué**
tú / vos	你	**practicaste**
usted	您	**practicó**
él / ella	他 / 她	**practicó**
nosotros (as)	我們	**practicamos**
vosotros (as)	你們	**practicasteis**
ustedes	您們	**practicaron**
ellos / ellas	他們 / 她們	**practicaron**

未來時　Futuro Imperfecto

用法 表達「未來發生」的動作。

主詞		動詞變化
yo	我	**practicaré**
tú / vos	你	**practicarás**
usted	您	**practicará**
él / ella	他 / 她	**practicará**
nosotros (as)	我們	**practicaremos**
vosotros (as)	你們	**practicaréis**
ustedes	您們	**practicarán**
ellos / ellas	他們 / 她們	**practicarán**

你可以這樣說 ¡A practicar!

▶ El estudiante no practicó español ayer.
學生昨天沒有練習西班牙語。（過去時）

▶ Ellos han practicado golf en el parque.
他們在公園練習過高爾夫球了。（現在完成時）

西語會話開口說 ¡A hablar!

A ¿Qué está haciendo tu novia?
你的女朋友正在做什麼？（現在進行時）

B Ella está practicando piano.
她正在練習鋼琴。（現在進行時）

動詞篇61

Preguntar 詢問

MP3-61

現在時 Presente

用法 表達「頻繁發生的事件」或「現在發生」的動作。

主詞		動詞變化
yo	我	**pregunto**
tú / vos	你	**preguntas / preguntás**
usted	您	**pregunta**
él / ella	他 / 她	**pregunta**
nosotros (as)	我們	**preguntamos**
vosotros (as)	你們	**preguntáis**
ustedes	您們	**preguntan**
ellos / ellas	他們 / 她們	**preguntan**

現在進行時　Gerundio

用法 表達「正在進行」的動作。

主詞		動詞變化	
yo	我	estoy	preguntando
tú / vos	你	estás	preguntando
usted	您	está	preguntando
él / ella	他 / 她	está	preguntando
nosotros (as)	我們	estamos	preguntando
vosotros (as)	你們	estáis	preguntando
ustedes	您們	están	preguntando
ellos / ellas	他們 / 她們	están	preguntando

現在完成時　Pretérito Perfecto

用法 表達「剛做完」或「不久前完成」的動作。

主詞		動詞變化	
yo	我	he	preguntado
tú / vos	你	has	preguntado
usted	您	ha	preguntado
él / ella	他 / 她	ha	preguntado
nosotros (as)	我們	hemos	preguntado
vosotros (as)	你們	habéis	preguntado
ustedes	您們	han	preguntado
ellos / ellas	他們 / 她們	han	preguntado

過去時　Pretérito Indefinido

用法 表達「過去發生」的動作。

主詞		動詞變化
yo	我	pregunté
tú / vos	你	preguntaste
usted	您	preguntó
él / ella	他 / 她	preguntó
nosotros (as)	我們	preguntamos
vosotros (as)	你們	preguntasteis
ustedes	您們	preguntaron
ellos / ellas	他們 / 她們	preguntaron

未來時　Futuro Imperfecto

用法 表達「未來發生」的動作。

主詞		動詞變化
yo	我	preguntaré
tú / vos	你	preguntarás
usted	您	preguntará
él / ella	他 / 她	preguntará
nosotros (as)	我們	preguntaremos
vosotros (as)	你們	preguntaréis
ustedes	您們	preguntarán
ellos / ellas	他們 / 她們	preguntarán

你可以這樣說 ¡A practicar!

▶ Mi hermana ya le ha preguntado a la azafata.

我的姊姊已經向空服員詢問過問題。（現在完成時）

▶ Ese extranjero me preguntó por la dirección de la estación de tren.

那個外國人向我詢問火車站的地址。（過去時）

西語會話開口說 ¡A hablar!

A ¿A quién le preguntarás?

你會詢問誰？（未來時）

B Le preguntaré a la dependiente.

我會詢問店員。（未來時）

Querer 想要

動詞篇 62

現在時 Presente

用法 表達「頻繁發生的事件」或「現在發生」的動作。

主詞		動詞變化
yo	我	quiero
tú / vos	你	quieres / querés
usted	您	quiere
él / ella	他 / 她	quiere
nosotros (as)	我們	queremos
vosotros (as)	你們	queréis
ustedes	您們	quieren
ellos / ellas	他們 / 她們	quieren

現在進行時　Gerundio

用法　表達「正在進行」的動作。

主詞		動詞變化	
yo	我	estoy	queriendo
tú / vos	你	estás	queriendo
usted	您	está	queriendo
él / ella	他 / 她	está	queriendo
nosotros (as)	我們	estamos	queriendo
vosotros (as)	你們	estáis	queriendo
ustedes	您們	están	queriendo
ellos / ellas	他們 / 她們	están	queriendo

現在完成時　Pretérito Perfecto

用法　表達「剛做完」或「不久前完成」的動作。

主詞		動詞變化	
yo	我	he	querido
tú / vos	你	has	querido
usted	您	ha	querido
él / ella	他 / 她	ha	querido
nosotros (as)	我們	hemos	querido
vosotros (as)	你們	habéis	querido
ustedes	您們	han	querido
ellos / ellas	他們 / 她們	han	querido

過去時　Pretérito Indefinido

用法　表達「過去發生」的動作。

主詞		動詞變化
yo	我	quise
tú / vos	你	quisiste
usted	您	quiso
él / ella	他 / 她	quiso
nosotros (as)	我們	quisimos
vosotros (as)	你們	quisisteis
ustedes	您們	quisieron
ellos / ellas	他們 / 她們	quisieron

未來時　Futuro Imperfecto

用法　表達「未來發生」的動作。

主詞		動詞變化
yo	我	querré
tú / vos	你	querrás
usted	您	querrá
él / ella	他 / 她	querrá
nosotros (as)	我們	querremos
vosotros (as)	你們	querréis
ustedes	您們	querrán
ellos / ellas	他們 / 她們	querrán

你可以這樣說 ¡A practicar!

▶ **Nosotros queremos un helado de vainilla.**
我們想要一個香草冰淇淋。（現在時）

▶ **La secretaria no quiso comprar nada.**
祕書不想買任何東西了。（過去時）

西語會話開口說 ¡A hablar!

A **¿Cuántas personas quisieron nadar en la piscina?**
有多少人想要在游泳池游泳？（過去時）

B **Diez personas.**
十個人。

動詞篇 63
Recibir 接受、收到

MP3-63

現在時 Presente

用法 表達「頻繁發生的事件」或「現在發生」的動作。

主詞		動詞變化
yo	我	recibo
tú / vos	你	recibes / recibís
usted	您	recibe
él / ella	他 / 她	recibe
nosotros (as)	我們	recibimos
vosotros (as)	你們	recibís
ustedes	您們	reciben
ellos / ellas	他們 / 她們	reciben

現在進行時　Gerundio

用法　表達「正在進行」的動作。

主詞		動詞變化	
yo	我	estoy	recibiendo
tú / vos	你	estás	recibiendo
usted	您	está	recibiendo
él / ella	他 / 她	está	recibiendo
nosotros (as)	我們	estamos	recibiendo
vosotros (as)	你們	estáis	recibiendo
ustedes	您們	están	recibiendo
ellos / ellas	他們 / 她們	están	recibiendo

現在完成時　Pretérito Perfecto

用法　表達「剛做完」或「不久前完成」的動作。

主詞		動詞變化	
yo	我	he	recibido
tú / vos	你	has	recibido
usted	您	ha	recibido
él / ella	他 / 她	ha	recibido
nosotros (as)	我們	hemos	recibido
vosotros (as)	你們	habéis	recibido
ustedes	您們	han	recibido
ellos / ellas	他們 / 她們	han	recibido

281

過去時　Pretérito Indefinido

用法　表達「過去發生」的動作。

主詞		動詞變化
yo	我	**recibí**
tú / vos	你	**recibiste**
usted	您	**recibió**
él / ella	他 / 她	**recibió**
nosotros (as)	我們	**recibimos**
vosotros (as)	你們	**recibisteis**
ustedes	您們	**recibieron**
ellos / ellas	他們 / 她們	**recibieron**

未來時　Futuro Imperfecto

用法　表達「未來發生」的動作。

主詞		動詞變化
yo	我	**recibiré**
tú / vos	你	**recibirás**
usted	您	**recibirá**
él / ella	他 / 她	**recibirá**
nosotros (as)	我們	**recibiremos**
vosotros (as)	你們	**recibiréis**
ustedes	您們	**recibirán**
ellos / ellas	他們 / 她們	**recibirán**

你可以這樣說 ¡A practicar!

▶ Mi hermana ha recibido tu tarjeta.
我的妹妹收到你的卡片了。（現在完成時）

▶ Mi compañero de oficina recibe muchos correos electrónicos todos los días.
我的辦公室同事每天收到很多電子郵件。（現在時）

西語會話開口說 ¡A hablar!

A ¿Cuántos regalos recibiste en Navidad?
你在聖誕節收到了多少禮物？（過去時）

B Recibí alrededor de doce regalos.
我大約收到了十二個禮物。（過去時）

283

動詞篇 64

Regalar 贈送

🎧 MP3-64

現在時 Presente

用法 表達「頻繁發生的事件」或「現在發生」的動作。

主詞		動詞變化
yo	我	**regalo**
tú / vos	你	**regalas / regalás**
usted	您	**regala**
él / ella	他 / 她	**regala**
nosotros (as)	我們	**regalamos**
vosotros (as)	你們	**regaláis**
ustedes	您們	**regalan**
ellos / ellas	他們 / 她們	**regalan**

現在進行時　Gerundio

用法　表達「正在進行」的動作。

主詞		動詞變化	
yo	我	estoy	regalando
tú / vos	你	estás	regalando
usted	您	está	regalando
él / ella	他 / 她	está	regalando
nosotros (as)	我們	estamos	regalando
vosotros (as)	你們	estáis	regalando
ustedes	您們	están	regalando
ellos / ellas	他們 / 她們	están	regalando

現在完成時　Pretérito Perfecto

用法　表達「剛做完」或「不久前完成」的動作。

主詞		動詞變化	
yo	我	he	regalado
tú / vos	你	has	regalado
usted	您	ha	regalado
él / ella	他 / 她	ha	regalado
nosotros (as)	我們	hemos	regalado
vosotros (as)	你們	habéis	regalado
ustedes	您們	han	regalado
ellos / ellas	他們 / 她們	han	regalado

過去時　Pretérito Indefinido

用法　表達「過去發生」的動作。

主詞		動詞變化
yo	我	**regalé**
tú / vos	你	**regalaste**
usted	您	**regaló**
él / ella	他 / 她	**regaló**
nosotros (as)	我們	**regalamos**
vosotros (as)	你們	**regalasteis**
ustedes	您們	**regalaron**
ellos / ellas	他們 / 她們	**regalaron**

未來時　Futuro Imperfecto

用法　表達「未來發生」的動作。

主詞		動詞變化
yo	我	**regalaré**
tú / vos	你	**regalarás**
usted	您	**regalará**
él / ella	他 / 她	**regalará**
nosotros (as)	我們	**regalaremos**
vosotros (as)	你們	**regalaréis**
ustedes	您們	**regalarán**
ellos / ellas	他們 / 她們	**regalarán**

你可以這樣說 ¡A practicar!

▶ Le regalaré una corbata roja.
我會送給他一條紅色的領帶。（未來時）

▶ La vecina me ha regalado unos caramelos chilenos.
鄰居送給我一些智利的糖果。（現在完成時）

西語會話開口說 ¡A hablar!

A ¿Cuándo le regalaste ese collar?
你什麼時候送了項鍊給她？（過去時）

B Se lo regalé en su cumpleaños.
我在她生日時送給她的。（過去時）

動詞篇 65

Saber 知道、會

現在時 Presente

用法 表達「頻繁發生的事件」或「現在發生」的動作。

主詞		動詞變化
yo	我	sé
tú / vos	你	sabes / sabés
usted	您	sabe
él / ella	他 / 她	sabe
nosotros (as)	我們	sabemos
vosotros (as)	你們	sabéis
ustedes	您們	saben
ellos / ellas	他們 / 她們	saben

現在進行時 Gerundio

用法 表達「正在進行」的動作。

主詞		動詞變化	
yo	我	estoy	sabiendo
tú / vos	你	estás	sabiendo
usted	您	está	sabiendo
él / ella	他 / 她	está	sabiendo
nosotros (as)	我們	estamos	sabiendo
vosotros (as)	你們	estáis	sabiendo
ustedes	您們	están	sabiendo
ellos / ellas	他們 / 她們	están	sabiendo

現在完成時 Pretérito Perfecto

用法 表達「剛做完」或「不久前完成」的動作。

主詞		動詞變化	
yo	我	he	sabido
tú / vos	你	has	sabido
usted	您	ha	sabido
él / ella	他 / 她	ha	sabido
nosotros (as)	我們	hemos	sabido
vosotros (as)	你們	habéis	sabido
ustedes	您們	han	sabido
ellos / ellas	他們 / 她們	han	sabido

過去時　Pretérito Indefinido

用法　表達「過去發生」的動作。

主詞		動詞變化
yo	我	supe
tú / vos	你	supiste
usted	您	supo
él / ella	他 / 她	supo
nosotros (as)	我們	supimos
vosotros (as)	你們	supisteis
ustedes	您們	supieron
ellos / ellas	他們 / 她們	supieron

未來時　Futuro Imperfecto

用法　表達「未來發生」的動作。

主詞		動詞變化
yo	我	sabré
tú / vos	你	sabrás
usted	您	sabrá
él / ella	他 / 她	sabrá
nosotros (as)	我們	sabremos
vosotros (as)	你們	sabréis
ustedes	您們	sabrán
ellos / ellas	他們 / 她們	sabrán

你可以這樣說 ¡A practicar!

▶ La niña sabe la respuesta.

女孩知道答案。（現在時）

▶ Mi compañero de universidad no sabe nadar.

我的大學同學不會游泳。（現在時）

西語會話開口說 ¡A hablar!

A ¿Quién supo la noticia?

誰知道消息？（過去時）

B Nadie.

沒有人。

動詞篇66

Salir 出去、出發

現在時 Presente

用法 表達「頻繁發生的事件」或「現在發生」的動作。

主詞		動詞變化
yo	我	salgo
tú / vos	你	sales / salís
usted	您	sale
él / ella	他 / 她	sale
nosotros (as)	我們	salimos
vosotros (as)	你們	salís
ustedes	您們	salen
ellos / ellas	他們 / 她們	salen

現在進行時　Gerundio

用法　表達「正在進行」的動作。

主詞		動詞變化	
yo	我	estoy	saliendo
tú / vos	你	estás	saliendo
usted	您	está	saliendo
él / ella	他 / 她	está	saliendo
nosotros (as)	我們	estamos	saliendo
vosotros (as)	你們	estáis	saliendo
ustedes	您們	están	saliendo
ellos / ellas	他們 / 她們	están	saliendo

現在完成時　Pretérito Perfecto

用法　表達「剛做完」或「不久前完成」的動作。

主詞		動詞變化	
yo	我	he	salido
tú / vos	你	has	salido
usted	您	ha	salido
él / ella	他 / 她	ha	salido
nosotros (as)	我們	hemos	salido
vosotros (as)	你們	habéis	salido
ustedes	您們	han	salido
ellos / ellas	他們 / 她們	han	salido

過去時 Pretérito Indefinido

用法 表達「過去發生」的動作。

主詞		動詞變化
yo	我	salí
tú / vos	你	saliste
usted	您	salió
él / ella	他 / 她	salió
nosotros (as)	我們	salimos
vosotros (as)	你們	salisteis
ustedes	您們	salieron
ellos / ellas	他們 / 她們	salieron

未來時 Futuro Imperfecto

用法 表達「未來發生」的動作。

主詞		動詞變化
yo	我	saldré
tú / vos	你	saldrás
usted	您	saldrá
él / ella	他 / 她	saldrá
nosotros (as)	我們	saldremos
vosotros (as)	你們	saldréis
ustedes	您們	saldrán
ellos / ellas	他們 / 她們	saldrán

你可以這樣說 ¡A practicar!

▶ **Mi novio salió a comprar una pizza.**
我的男朋友出去買了一個披薩。（過去時）

▶ **El tren salió hace 20 minutos.**
火車 20 分鐘前發車。（過去時）

西語會話開口說 ¡A hablar!

A ¿A qué hora sale el primer metro a la estación Universidad?
第一班到大學站的捷運幾點發車？（現在時）

B A las 6 de la mañana.
早上 6 點。

Ser 是

動詞篇 67

MP3-67

現在時 Presente

用法 表達「頻繁發生的事件」或「現在發生」的動作。

主詞		動詞變化
yo	我	soy
tú / vos	你	eres / sos
usted	您	es
él / ella	他 / 她	es
nosotros (as)	我們	somos
vosotros (as)	你們	sois
ustedes	您們	son
ellos / ellas	他們 / 她們	son

現在進行時　Gerundio

用法 表達「正在進行」的動作。

主詞		動詞變化	
yo	我	estoy	siendo
tú / vos	你	estás	siendo
usted	您	está	siendo
él / ella	他 / 她	está	siendo
nosotros (as)	我們	estamos	siendo
vosotros (as)	你們	estáis	siendo
ustedes	您們	están	siendo
ellos / ellas	他們 / 她們	están	siendo

現在完成時　Pretérito Perfecto

用法 表達「剛做完」或「不久前完成」的動作。

主詞		動詞變化	
yo	我	he	sido
tú / vos	你	has	sido
usted	您	ha	sido
él / ella	他 / 她	ha	sido
nosotros (as)	我們	hemos	sido
vosotros (as)	你們	habéis	sido
ustedes	您們	han	sido
ellos / ellas	他們 / 她們	han	sido

過去時　Pretérito Indefinido

用法 表達「過去發生」的動作。

主詞		動詞變化
yo	我	fui
tú / vos	你	fuiste
usted	您	fue
él / ella	他 / 她	fue
nosotros (as)	我們	fuimos
vosotros (as)	你們	fuisteis
ustedes	您們	fueron
ellos / ellas	他們 / 她們	fueron

未來時　Futuro Imperfecto

用法 表達「未來發生」的動作。

主詞		動詞變化
yo	我	seré
tú / vos	你	serás
usted	您	será
él / ella	他 / 她	será
nosotros (as)	我們	seremos
vosotros (as)	你們	seréis
ustedes	您們	serán
ellos / ellas	他們 / 她們	serán

你可以這樣說 ¡A practicar!

▶ **Yo fui enfermera hace diez años.**
我十年前是護士。（過去時）

▶ **Nosotros somos de Taiwán.**
我們是從臺灣來的。（現在時）

西語會話開口說 ¡A hablar!

A **¿Cómo es el ingeniero?**
工程師長得如何？（現在時）

B **Él es alto y delgado.**
他高高瘦瘦的。（現在時）

Tener 有、必須

現在時 Presente

用法 表達「頻繁發生的事件」或「現在發生」的動作。

主詞		動詞變化
yo	我	**tengo**
tú / vos	你	**tienes / tenés**
usted	您	**tiene**
él / ella	他 / 她	**tiene**
nosotros (as)	我們	**tenemos**
vosotros (as)	你們	**tenéis**
ustedes	您們	**tienen**
ellos / ellas	他們 / 她們	**tienen**

現在進行時　Gerundio

用法　表達「正在進行」的動作。

主詞		動詞變化	
yo	我	estoy	teniendo
tú / vos	你	estás	teniendo
usted	您	está	teniendo
él / ella	他 / 她	está	teniendo
nosotros (as)	我們	estamos	teniendo
vosotros (as)	你們	estáis	teniendo
ustedes	您們	están	teniendo
ellos / ellas	他們 / 她們	están	teniendo

現在完成時　Pretérito Perfecto

用法　表達「剛做完」或「不久前完成」的動作。

主詞		動詞變化	
yo	我	he	tenido
tú / vos	你	has	tenido
usted	您	ha	tenido
él / ella	他 / 她	ha	tenido
nosotros (as)	我們	hemos	tenido
vosotros (as)	你們	habéis	tenido
ustedes	您們	han	tenido
ellos / ellas	他們 / 她們	han	tenido

過去時 Pretérito Indefinido

用法 表達「過去發生」的動作。

主詞		動詞變化
yo	我	tuve
tú / vos	你	tuviste
usted	您	tuvo
él / ella	他 / 她	tuvo
nosotros (as)	我們	tuvimos
vosotros (as)	你們	tuvisteis
ustedes	您們	tuvieron
ellos / ellas	他們 / 她們	tuvieron

未來時 Futuro Imperfecto

用法 表達「未來發生」的動作。

主詞		動詞變化
yo	我	tendré
tú / vos	你	tendrás
usted	您	tendrá
él / ella	他 / 她	tendrá
nosotros (as)	我們	tendremos
vosotros (as)	你們	tendréis
ustedes	您們	tendrán
ellos / ellas	他們 / 她們	tendrán

你可以這樣說 ¡A practicar!

▶ **Tuvimos** una fiesta en el jardín la semana pasada.

我們上個星期在花園有一個派對。（過去時）

▶ **Nosotros tendremos** que lavar la ropa este fin de semana.

我們這個週末必須洗衣服。（未來時）

西語會話開口說 ¡A hablar!

A ¿Cuántos años **tienes**?

你幾歲？（現在時）

B **Tengo** dieciocho años.

我十八歲。（現在時）

動詞篇69

Terminar 完成

MP3-69

現在時 Presente

用法 表達「頻繁發生的事件」或「現在發生」的動作。

主詞		動詞變化
yo	我	termino
tú / vos	你	terminas / terminás
usted	您	termina
él / ella	他 / 她	termina
nosotros (as)	我們	terminamos
vosotros (as)	你們	termináis
ustedes	您們	terminan
ellos / ellas	他們 / 她們	terminan

現在進行時　Gerundio

用法　表達「正在進行」的動作。

主詞		動詞變化	
yo	我	estoy	terminando
tú / vos	你	estás	terminando
usted	您	está	terminando
él / ella	他 / 她	está	terminando
nosotros (as)	我們	estamos	terminando
vosotros (as)	你們	estáis	terminando
ustedes	您們	están	terminando
ellos / ellas	他們 / 她們	están	terminando

現在完成時　Pretérito Perfecto

用法　表達「剛做完」或「不久前完成」的動作。

主詞		動詞變化	
yo	我	he	terminado
tú / vos	你	has	terminado
usted	您	ha	terminado
él / ella	他 / 她	ha	terminado
nosotros (as)	我們	hemos	terminado
vosotros (as)	你們	habéis	terminado
ustedes	您們	han	terminado
ellos / ellas	他們 / 她們	han	terminado

過去時　Pretérito Indefinido

用法　表達「過去發生」的動作。

主詞		動詞變化
yo	我	terminé
tú / vos	你	terminaste
usted	您	terminó
él / ella	他 / 她	terminó
nosotros (as)	我們	terminamos
vosotros (as)	你們	terminasteis
ustedes	您們	terminaron
ellos / ellas	他們 / 她們	terminaron

未來時　Futuro Imperfecto

用法　表達「未來發生」的動作。

主詞		動詞變化
yo	我	terminaré
tú / vos	你	terminarás
usted	您	terminará
él / ella	他 / 她	terminará
nosotros (as)	我們	terminaremos
vosotros (as)	你們	terminaréis
ustedes	您們	terminarán
ellos / ellas	他們 / 她們	terminarán

你可以這樣說 ¡A practicar!

▶ **El concierto terminará pronto.**
演唱會很快就會結束。（未來時）

▶ **Los estudiantes ya han terminado su presentación de flamenco.**
學生們已經完成了他們的佛朗明哥演出。（現在完成時）

西語會話開口說 ¡A hablar!

A **¿A qué hora terminó la reunión?**
會議幾點結束？（過去時）

B **La reunión terminó hace 10 minutos.**
會議 10 分鐘前結束了。（過去時）

動詞篇 70

Tocar 摸、彈

現在時 Presente

用法 表達「頻繁發生的事件」或「現在發生」的動作。

主詞		動詞變化
yo	我	toco
tú / vos	你	tocas / tocás
usted	您	toca
él / ella	他 / 她	toca
nosotros (as)	我們	tocamos
vosotros (as)	你們	tocáis
ustedes	您們	tocan
ellos / ellas	他們 / 她們	tocan

現在進行時　Gerundio

用法　表達「正在進行」的動作。

主詞		動詞變化	
yo	我	estoy	tocando
tú / vos	你	estás	tocando
usted	您	está	tocando
él / ella	他 / 她	está	tocando
nosotros (as)	我們	estamos	tocando
vosotros (as)	你們	estáis	tocando
ustedes	您們	están	tocando
ellos / ellas	他們 / 她們	están	tocando

現在完成時　Pretérito Perfecto

用法　表達「剛做完」或「不久前完成」的動作。

主詞		動詞變化	
yo	我	he	tocado
tú / vos	你	has	tocado
usted	您	ha	tocado
él / ella	他 / 她	ha	tocado
nosotros (as)	我們	hemos	tocado
vosotros (as)	你們	habéis	tocado
ustedes	您們	han	tocado
ellos / ellas	他們 / 她們	han	tocado

過去時　Pretérito Indefinido

用法　表達「過去發生」的動作。

主詞		動詞變化
yo	我	toqué
tú / vos	你	tocaste
usted	您	tocó
él / ella	他 / 她	tocó
nosotros (as)	我們	tocamos
vosotros (as)	你們	tocasteis
ustedes	您們	tocaron
ellos / ellas	他們 / 她們	tocaron

未來時　Futuro Imperfecto

用法　表達「未來發生」的動作。

主詞		動詞變化
yo	我	tocaré
tú / vos	你	tocarás
usted	您	tocará
él / ella	他 / 她	tocará
nosotros (as)	我們	tocaremos
vosotros (as)	你們	tocaréis
ustedes	您們	tocarán
ellos / ellas	他們 / 她們	tocarán

你可以這樣說 ¡A practicar!

▶ **Mi hijo está tocando el violín en la sala.**
我的兒子正在客廳拉小提琴。（現在進行時）

▶ **Nosotros tocamos una alpaca cuando fuimos a Colombia.**
我們去哥倫比亞的時候摸過羊駝。（過去時）

西語會話開口說 ¡A hablar!

A **¿Cuándo tocarás la guitarra?**
你什麼時候會彈吉他？（未來時）

B **En 5 minutos.**
5 分鐘後。

動詞篇 71

Tomar 喝、拿、搭乘

MP3-71

現在時 Presente

用法 表達「頻繁發生的事件」或「現在發生」的動作。

主詞		動詞變化
yo	我	tomo
tú / vos	你	tomas / tomás
usted	您	toma
él / ella	他 / 她	toma
nosotros (as)	我們	tomamos
vosotros (as)	你們	tomáis
ustedes	您們	toman
ellos / ellas	他們 / 她們	toman

現在進行時　Gerundio

用法　表達「正在進行」的動作。

主詞		動詞變化	
yo	我	estoy	tomando
tú / vos	你	estás	tomando
usted	您	está	tomando
él / ella	他 / 她	está	tomando
nosotros (as)	我們	estamos	tomando
vosotros (as)	你們	estáis	tomando
ustedes	您們	están	tomando
ellos / ellas	他們 / 她們	están	tomando

現在完成時　Pretérito Perfecto

用法　表達「剛做完」或「不久前完成」的動作。

主詞		動詞變化	
yo	我	he	tomado
tú / vos	你	has	tomado
usted	您	ha	tomado
él / ella	他 / 她	ha	tomado
nosotros (as)	我們	hemos	tomado
vosotros (as)	你們	habéis	tomado
ustedes	您們	han	tomado
ellos / ellas	他們 / 她們	han	tomado

過去時 Pretérito Indefinido

用法 表達「過去發生」的動作。

主詞		動詞變化
yo	我	tomé
tú / vos	你	tomaste
usted	您	tomó
él / ella	他 / 她	tomó
nosotros (as)	我們	tomamos
vosotros (as)	你們	tomasteis
ustedes	您們	tomaron
ellos / ellas	他們 / 她們	tomaron

未來時 Futuro Imperfecto

用法 表達「未來發生」的動作。

主詞		動詞變化
yo	我	tomaré
tú / vos	你	tomarás
usted	您	tomará
él / ella	他 / 她	tomará
nosotros (as)	我們	tomaremos
vosotros (as)	你們	tomaréis
ustedes	您們	tomarán
ellos / ellas	他們 / 她們	tomarán

你可以這樣說 ¡A practicar!

▶ **El gerente tomará una limonada.**
經理會喝檸檬水。(未來時)

▶ **La maestra tomó unas revistas de la biblioteca.**
老師從圖書館拿了一些雜誌。(過去時)

西語會話開口說 ¡A hablar!

A **¿Qué medios de transporte tomas todos los días?**
你每天搭乘哪種交通工具？(現在時)

B **Yo tomo el bus.**
我搭公車。(現在時)

動詞篇72

Trabajar 工作

MP3-72

現在時 Presente

用法 表達「頻繁發生的事件」或「現在發生」的動作。

主詞		動詞變化
yo	我	trabajo
tú / vos	你	trabajas / trabajás
usted	您	trabaja
él / ella	他 / 她	trabaja
nosotros (as)	我們	trabajamos
vosotros (as)	你們	trabajáis
ustedes	您們	trabajan
ellos / ellas	他們 / 她們	trabajan

現在進行時　Gerundio

用法　表達「正在進行」的動作。

主詞		動詞變化	
yo	我	estoy	trabajando
tú / vos	你	estás	trabajando
usted	您	está	trabajando
él / ella	他 / 她	está	trabajando
nosotros (as)	我們	estamos	trabajando
vosotros (as)	你們	estáis	trabajando
ustedes	您們	están	trabajando
ellos / ellas	他們 / 她們	están	trabajando

現在完成時　Pretérito Perfecto

用法　表達「剛做完」或「不久前完成」的動作。

主詞		動詞變化	
yo	我	he	trabajado
tú / vos	你	has	trabajado
usted	您	ha	trabajado
él / ella	他 / 她	ha	trabajado
nosotros (as)	我們	hemos	trabajado
vosotros (as)	你們	habéis	trabajado
ustedes	您們	han	trabajado
ellos / ellas	他們 / 她們	han	trabajado

過去時 Pretérito Indefinido

用法 表達「過去發生」的動作。

主詞		動詞變化
yo	我	trabajé
tú / vos	你	trabajaste
usted	您	trabajó
él / ella	他 / 她	trabajó
nosotros (as)	我們	trabajamos
vosotros (as)	你們	trabajasteis
ustedes	您們	trabajaron
ellos / ellas	他們 / 她們	trabajaron

未來時 Futuro Imperfecto

用法 表達「未來發生」的動作。

主詞		動詞變化
yo	我	trabajaré
tú / vos	你	trabajarás
usted	您	trabajará
él / ella	他 / 她	trabajará
nosotros (as)	我們	trabajaremos
vosotros (as)	你們	trabajaréis
ustedes	您們	trabajarán
ellos / ellas	他們 / 她們	trabajarán

你可以這樣說 ¡A practicar!

▶ El gerente está trabajando en la sala de reuniones.

經理正在會議室工作。（現在進行時）

▶ Yo trabajo de lunes a viernes.

我從星期一工作到星期五。（現在時）

西語會話開口說 ¡A hablar!

A ¿Dónde trabajará tu padre el próximo mes?

你的爸爸下個月會在哪裡工作？（未來時）

B Él trabajará en una compañía de exportación.

他會在一家出口公司工作。（未來時）

動詞篇 73

Usar 使用

現在時 Presente

用法 表達「頻繁發生的事件」或「現在發生」的動作。

主詞		動詞變化
yo	我	uso
tú / vos	你	usas / usás
usted	您	usa
él / ella	他 / 她	usa
nosotros (as)	我們	usamos
vosotros (as)	你們	usáis
ustedes	您們	usan
ellos / ellas	他們 / 她們	usan

現在進行時　Gerundio

用法　表達「正在進行」的動作。

主詞		動詞變化	
yo	我	estoy	usando
tú / vos	你	estás	usando
usted	您	está	usando
él / ella	他 / 她	está	usando
nosotros (as)	我們	estamos	usando
vosotros (as)	你們	estáis	usando
ustedes	您們	están	usando
ellos / ellas	他們 / 她們	están	usando

現在完成時　Pretérito Perfecto

用法　表達「剛做完」或「不久前完成」的動作。

主詞		動詞變化	
yo	我	he	usado
tú / vos	你	has	usado
usted	您	ha	usado
él / ella	他 / 她	ha	usado
nosotros (as)	我們	hemos	usado
vosotros (as)	你們	habéis	usado
ustedes	您們	han	usado
ellos / ellas	他們 / 她們	han	usado

過去時　Pretérito Indefinido

用法　表達「過去發生」的動作。

主詞		動詞變化
yo	我	**usé**
tú / vos	你	**usaste**
usted	您	**usó**
él / ella	他 / 她	**usó**
nosotros (as)	我們	**usamos**
vosotros (as)	你們	**usasteis**
ustedes	您們	**usaron**
ellos / ellas	他們 / 她們	**usaron**

未來時　Futuro Imperfecto

用法　表達「未來發生」的動作。

主詞		動詞變化
yo	我	**usaré**
tú / vos	你	**usarás**
usted	您	**usará**
él / ella	他 / 她	**usará**
nosotros (as)	我們	**usaremos**
vosotros (as)	你們	**usaréis**
ustedes	您們	**usarán**
ellos / ellas	他們 / 她們	**usarán**

你可以這樣說 ¡A practicar!

▶ **Yo estoy usando un perfume francés.**
我正在使用法國香水。（現在進行時）

▶ **La diseñadora ha usado la cámara.**
設計師使用了相機。（現在完成時）

西語會話開口說 ¡A hablar!

A ¿Quién usó el ordenador?
誰使用過電腦？（過去時）

B Mi sobrino.
我的姪子。

Vender 賣

動詞篇 74
MP3-74

現在時 Presente

用法 表達「頻繁發生的事件」或「現在發生」的動作。

主詞		動詞變化
yo	我	vendo
tú / vos	你	vendes / vendés
usted	您	vende
él / ella	他 / 她	vende
nosotros (as)	我們	vendemos
vosotros (as)	你們	vendéis
ustedes	您們	venden
ellos / ellas	他們 / 她們	venden

現在進行時　Gerundio

用法　表達「正在進行」的動作。

主詞		動詞變化	
yo	我	estoy	vendiendo
tú / vos	你	estás	vendiendo
usted	您	está	vendiendo
él / ella	他 / 她	está	vendiendo
nosotros (as)	我們	estamos	vendiendo
vosotros (as)	你們	estáis	vendiendo
ustedes	您們	están	vendiendo
ellos / ellas	他們 / 她們	están	vendiendo

現在完成時　Pretérito Perfecto

用法　表達「剛做完」或「不久前完成」的動作。

主詞		動詞變化	
yo	我	he	vendido
tú / vos	你	has	vendido
usted	您	ha	vendido
él / ella	他 / 她	ha	vendido
nosotros (as)	我們	hemos	vendido
vosotros (as)	你們	habéis	vendido
ustedes	您們	han	vendido
ellos / ellas	他們 / 她們	han	vendido

過去時　Pretérito Indefinido

用法　表達「過去發生」的動作。

主詞		動詞變化
yo	我	vendí
tú / vos	你	vendiste
usted	您	vendió
él / ella	他 / 她	vendió
nosotros (as)	我們	vendimos
vosotros (as)	你們	vendisteis
ustedes	您們	vendieron
ellos / ellas	他們 / 她們	vendieron

未來時　Futuro Imperfecto

用法　表達「未來發生」的動作。

主詞		動詞變化
yo	我	venderé
tú / vos	你	venderás
usted	您	venderá
él / ella	他 / 她	venderá
nosotros (as)	我們	venderemos
vosotros (as)	你們	venderéis
ustedes	您們	venderán
ellos / ellas	他們 / 她們	venderán

你可以這樣說 ¡A practicar!

▶ **Mis vecinos están vendiendo su casa.**
我的鄰居們正在出售他們的房子。（現在進行時）

▶ **Aquella tienda vende cámaras digitales muy baratas.**
那家店賣很便宜的數位相機。（現在時）

西語會話開口說 ¡A hablar!

A ¿A quién le vendiste tu coche?
你的車子賣給誰了？（過去時）

B Se lo vendí a un compañero de oficina.
我賣給一位同事了。（過去時）

動詞篇 75

Venir 來、過來

🎧 MP3-75

現在時 Presente

用法 表達「頻繁發生的事件」或「現在發生」的動作。

主詞		動詞變化
yo	我	**vengo**
tú / vos	你	**vienes / venís**
usted	您	**viene**
él / ella	他 / 她	**viene**
nosotros (as)	我們	**venimos**
vosotros (as)	你們	**venís**
ustedes	您們	**vienen**
ellos / ellas	他們 / 她們	**vienen**

現在進行時　Gerundio

用法　表達「正在進行」的動作。

主詞		動詞變化	
yo	我	estoy	viniendo
tú / vos	你	estás	viniendo
usted	您	está	viniendo
él / ella	他 / 她	está	viniendo
nosotros (as)	我們	estamos	viniendo
vosotros (as)	你們	estáis	viniendo
ustedes	您們	están	viniendo
ellos / ellas	他們 / 她們	están	viniendo

現在完成時　Pretérito Perfecto

用法　表達「剛做完」或「不久前完成」的動作。

主詞		動詞變化	
yo	我	he	venido
tú / vos	你	has	venido
usted	您	ha	venido
él / ella	他 / 她	ha	venido
nosotros (as)	我們	hemos	venido
vosotros (as)	你們	habéis	venido
ustedes	您們	han	venido
ellos / ellas	他們 / 她們	han	venido

過去時 Pretérito Indefinido

用法 表達「過去發生」的動作。

主詞		動詞變化
yo	我	**vine**
tú / vos	你	**viniste**
usted	您	**vino**
él / ella	他 / 她	**vino**
nosotros (as)	我們	**vinimos**
vosotros (as)	你們	**vinisteis**
ustedes	您們	**vinieron**
ellos / ellas	他們 / 她們	**vinieron**

未來時 Futuro Imperfecto

用法 表達「未來發生」的動作。

主詞		動詞變化
yo	我	**vendré**
tú / vos	你	**vendrás**
usted	您	**vendrá**
él / ella	他 / 她	**vendrá**
nosotros (as)	我們	**vendremos**
vosotros (as)	你們	**vendréis**
ustedes	您們	**vendrán**
ellos / ellas	他們 / 她們	**vendrán**

你可以這樣說 ¡A practicar!

▶ El cartero viene una vez al día.
郵差一天來一次（現在時）

▶ El reportero ha venido varias veces.
記者來過很多次了。（現在完成時）

西語會話開口說 ¡A hablar!

A ¿Cuándo vendrás a mi casa?
你什麼時候會來我家？（未來時）

B En Navidad.
在聖誕節的時候。

Ver 看

動詞篇 76

現在時 Presente

用法 表達「頻繁發生的事件」或「現在發生」的動作。

主詞		動詞變化
yo	我	veo
tú / vos	你	ves
usted	您	ve
él / ella	他 / 她	ve
nosotros (as)	我們	vemos
vosotros (as)	你們	veis
ustedes	您們	ven
ellos / ellas	他們 / 她們	ven

現在進行時　Gerundio

用法 表達「正在進行」的動作。

主詞		動詞變化	
yo	我	estoy	viendo
tú / vos	你	estás	viendo
usted	您	está	viendo
él / ella	他 / 她	está	viendo
nosotros (as)	我們	estamos	viendo
vosotros (as)	你們	estáis	viendo
ustedes	您們	están	viendo
ellos / ellas	他們 / 她們	están	viendo

現在完成時　Pretérito Perfecto

用法 表達「剛做完」或「不久前完成」的動作。

主詞		動詞變化	
yo	我	he	visto
tú / vos	你	has	visto
usted	您	ha	visto
él / ella	他 / 她	ha	visto
nosotros (as)	我們	hemos	visto
vosotros (as)	你們	habéis	visto
ustedes	您們	han	visto
ellos / ellas	他們 / 她們	han	visto

過去時 Pretérito Indefinido

用法 表達「過去發生」的動作。

主詞		動詞變化
yo	我	**vi**
tú / vos	你	**viste**
usted	您	**vio**
él / ella	他 / 她	**vio**
nosotros (as)	我們	**vimos**
vosotros (as)	你們	**visteis**
ustedes	您們	**vieron**
ellos / ellas	他們 / 她們	**vieron**

未來時 Futuro Imperfecto

用法 表達「未來發生」的動作。

主詞		動詞變化
yo	我	**veré**
tú / vos	你	**verás**
usted	您	**verá**
él / ella	他 / 她	**verá**
nosotros (as)	我們	**veremos**
vosotros (as)	你們	**veréis**
ustedes	您們	**verán**
ellos / ellas	他們 / 她們	**verán**

你可以這樣說 ¡A practicar!

▶ **Nosotros ya hemos visto esa exposición.**
我們看過那個展覽了。（現在完成時）

▶ **Ustedes verán las obras de Picasso el próximo año.**
您們明年會看畢卡索（Picasso）的畫。（未來時）

西語會話開口說 ¡A hablar!

A ¿Qué tipo de película estás viendo?
你正在看哪種電影？（現在進行時）

B Estoy viendo una película de ciencia ficción.
我正在看科幻電影。（現在進行時）

動詞篇 77

Viajar 旅行

MP3-77

現在時 Presente

用法 表達「頻繁發生的事件」或「現在發生」的動作。

主詞		動詞變化
yo	我	viajo
tú / vos	你	viajas / viajás
usted	您	viaja
él / ella	他 / 她	viaja
nosotros (as)	我們	viajamos
vosotros (as)	你們	viajáis
ustedes	您們	viajan
ellos / ellas	他們 / 她們	viajan

現在進行時　Gerundio

用法　表達「正在進行」的動作。

主詞		動詞變化	
yo	我	**estoy**	**viajando**
tú / vos	你	**estás**	**viajando**
usted	您	**está**	**viajando**
él / ella	他 / 她	**está**	**viajando**
nosotros (as)	我們	**estamos**	**viajando**
vosotros (as)	你們	**estáis**	**viajando**
ustedes	您們	**están**	**viajando**
ellos / ellas	他們 / 她們	**están**	**viajando**

現在完成時　Pretérito Perfecto

用法　表達「剛做完」或「不久前完成」的動作。

主詞		動詞變化	
yo	我	**he**	**viajado**
tú / vos	你	**has**	**viajado**
usted	您	**ha**	**viajado**
él / ella	他 / 她	**ha**	**viajado**
nosotros (as)	我們	**hemos**	**viajado**
vosotros (as)	你們	**habéis**	**viajado**
ustedes	您們	**han**	**viajado**
ellos / ellas	他們 / 她們	**han**	**viajado**

過去時　Pretérito Indefinido

用法 表達「過去發生」的動作。

主詞		動詞變化
yo	我	viajé
tú / vos	你	viajaste
usted	您	viajó
él / ella	他 / 她	viajó
nosotros (as)	我們	viajamos
vosotros (as)	你們	viajasteis
ustedes	您們	viajaron
ellos / ellas	他們 / 她們	viajaron

未來時　Futuro Imperfecto

用法 表達「未來發生」的動作。

主詞		動詞變化
yo	我	viajaré
tú / vos	你	viajarás
usted	您	viajará
él / ella	他 / 她	viajará
nosotros (as)	我們	viajaremos
vosotros (as)	你們	viajaréis
ustedes	您們	viajarán
ellos / ellas	他們 / 她們	viajarán

你可以這樣說 ¡A practicar!

▶ Mis padres y yo viajaremos a España en las vacaciones de verano.

我的父母和我暑假會去西班牙旅行。（未來時）

▶ Mis primas viajan a Argentina cada dos meses.

我的表妹們每兩個月去阿根廷旅行一次。（現在時）

西語會話開口說 ¡A hablar!

A ¿Con quién viajaste?

你跟誰旅行？（過去時）

B Yo viajé solo.

我自己旅行。（過去時）

動詞篇 78

Visitar 拜訪、參觀

MP3-78

現在時 Presente

用法 表達「頻繁發生的事件」或「現在發生」的動作。

主詞		動詞變化
yo	我	**visito**
tú / vos	你	**visitas / visitás**
usted	您	**visita**
él / ella	他 / 她	**visita**
nosotros (as)	我們	**visitamos**
vosotros (as)	你們	**visitáis**
ustedes	您們	**visitan**
ellos / ellas	他們 / 她們	**visitan**

現在進行時　Gerundio

用法　表達「正在進行」的動作。

主詞		動詞變化	
yo	我	estoy	visitando
tú / vos	你	estás	visitando
usted	您	está	visitando
él / ella	他 / 她	está	visitando
nosotros (as)	我們	estamos	visitando
vosotros (as)	你們	estáis	visitando
ustedes	您們	están	visitando
ellos / ellas	他們 / 她們	están	visitando

現在完成時　Pretérito Perfecto

用法　表達「剛做完」或「不久前完成」的動作。

主詞		動詞變化	
yo	我	he	visitado
tú / vos	你	has	visitado
usted	您	ha	visitado
él / ella	他 / 她	ha	visitado
nosotros (as)	我們	hemos	visitado
vosotros (as)	你們	habéis	visitado
ustedes	您們	han	visitado
ellos / ellas	他們 / 她們	han	visitado

過去時　Pretérito Indefinido

用法 表達「過去發生」的動作。

主詞		動詞變化
yo	我	**visité**
tú / vos	你	**visitaste**
usted	您	**visitó**
él / ella	他 / 她	**visitó**
nosotros (as)	我們	**visitamos**
vosotros (as)	你們	**visitasteis**
ustedes	您們	**visitaron**
ellos / ellas	他們 / 她們	**visitaron**

未來時　Futuro Imperfecto

用法 表達「未來發生」的動作。

主詞		動詞變化
yo	我	**visitaré**
tú / vos	你	**visitarás**
usted	您	**visitará**
él / ella	他 / 她	**visitará**
nosotros (as)	我們	**visitaremos**
vosotros (as)	你們	**visitaréis**
ustedes	您們	**visitarán**
ellos / ellas	他們 / 她們	**visitarán**

你可以這樣說 ¡A practicar!

▶ **Mis nietos me visitarán en invierno.**
我的孫子們會在冬天來拜訪我。（未來時）

▶ **Ellos ya han visitado ese templo.**
他們已經參觀過那座廟了。（現在完成時）

西語會話開口說 ¡A hablar!

A ¿A quién visitaste anoche?
你昨晚拜訪過誰？（過去時）

B Yo visité a un amigo enfermo.
我拜訪了一個生病的朋友。（過去時）

Vivir 住

現在時 Presente

用法 表達「頻繁發生的事件」或「現在發生」的動作。

主詞		動詞變化
yo	我	**vivo**
tú / vos	你	**vives / vivís**
usted	您	**vive**
él / ella	他 / 她	**vive**
nosotros (as)	我們	**vivimos**
vosotros (as)	你們	**vivís**
ustedes	您們	**viven**
ellos / ellas	他們 / 她們	**viven**

現在進行時　Gerundio

用法 表達「正在進行」的動作。

主詞		動詞變化	
yo	我	estoy	viviendo
tú / vos	你	estás	viviendo
usted	您	está	viviendo
él / ella	他 / 她	está	viviendo
nosotros (as)	我們	estamos	viviendo
vosotros (as)	你們	estáis	viviendo
ustedes	您們	están	viviendo
ellos / ellas	他們 / 她們	están	viviendo

現在完成時　Pretérito Perfecto

用法 表達「剛做完」或「不久前完成」的動作。

主詞		動詞變化	
yo	我	he	vivido
tú / vos	你	has	vivido
usted	您	ha	vivido
él / ella	他 / 她	ha	vivido
nosotros (as)	我們	hemos	vivido
vosotros (as)	你們	habéis	vivido
ustedes	您們	han	vivido
ellos / ellas	他們 / 她們	han	vivido

過去時　Pretérito Indefinido

用法　表達「過去發生」的動作。

主詞		動詞變化
yo	我	viví
tú / vos	你	viviste
usted	您	vivió
él / ella	他 / 她	vivió
nosotros (as)	我們	vivimos
vosotros (as)	你們	vivisteis
ustedes	您們	vivieron
ellos / ellas	他們 / 她們	vivieron

未來時　Futuro Imperfecto

用法　表達「未來發生」的動作。

主詞		動詞變化
yo	我	viviré
tú / vos	你	vivirás
usted	您	vivirá
él / ella	他 / 她	vivirá
nosotros (as)	我們	viviremos
vosotros (as)	你們	viviréis
ustedes	您們	vivirán
ellos / ellas	他們 / 她們	vivirán

你可以這樣說 ¡A practicar!

▶ Sus suegros viven en el segundo piso.
他的岳父母住在二樓。（現在時）

▶ Mis compañeros vivieron en Barcelona tres años.
我的同事住過巴塞隆納三年。（過去時）

西語會話開口說 ¡A hablar!

A ¿Dónde estás viviendo?
你正住在哪裡？（現在進行時）

B Estoy viviendo en la casa de mi tío.
我正住在我叔叔的家。（現在進行時）

動詞篇 80

Volver 回來、再

MP3-80

現在時 Presente

用法 表達「頻繁發生的事件」或「現在發生」的動作。

主詞		動詞變化
yo	我	**vuelvo**
tú / vos	你	**vuelves / volvés**
usted	您	**vuelve**
él / ella	他 / 她	**vuelve**
nosotros (as)	我們	**volvemos**
vosotros (as)	你們	**volvéis**
ustedes	您們	**vuelven**
ellos / ellas	他們 / 她們	**vuelven**

現在進行時　Gerundio

用法　表達「正在進行」的動作。

主詞		動詞變化	
yo	我	estoy	volviendo
tú / vos	你	estás	volviendo
usted	您	está	volviendo
él / ella	他 / 她	está	volviendo
nosotros (as)	我們	estamos	volviendo
vosotros (as)	你們	estáis	volviendo
ustedes	您們	están	volviendo
ellos / ellas	他們 / 她們	están	volviendo

現在完成時　Pretérito Perfecto

用法　表達「剛做完」或「不久前完成」的動作。

主詞		動詞變化	
yo	我	he	vuelto
tú / vos	你	has	vuelto
usted	您	ha	vuelto
él / ella	他 / 她	ha	vuelto
nosotros (as)	我們	hemos	vuelto
vosotros (as)	你們	habéis	vuelto
ustedes	您們	han	vuelto
ellos / ellas	他們 / 她們	han	vuelto

過去時　Pretérito Indefinido

用法　表達「過去發生」的動作。

主詞		動詞變化
yo	我	**volví**
tú / vos	你	**volviste**
usted	您	**volvió**
él / ella	他 / 她	**volvió**
nosotros (as)	我們	**volvimos**
vosotros (as)	你們	**volvisteis**
ustedes	您們	**volvieron**
ellos / ellas	他們 / 她們	**volvieron**

未來時　Futuro Imperfecto

用法　表達「未來發生」的動作。

主詞		動詞變化
yo	我	**volveré**
tú / vos	你	**volverás**
usted	您	**volverá**
él / ella	他 / 她	**volverá**
nosotros (as)	我們	**volveremos**
vosotros (as)	你們	**volveréis**
ustedes	您們	**volverán**
ellos / ellas	他們 / 她們	**volverán**

你可以這樣說 ¡A practicar!

▶ Los niños todavía no han vuelto.
小孩們還沒回來。（現在完成時）

▶ Volví a mi país el año pasado.
我去年回國。（過去時）

西語會話開口說 ¡A hablar!

A ¿A qué hora volveréis?
你們幾點回來？（未來時）

B Volveremos alrededor de las once de la noche.
我們大約晚上 11 點回來。（未來時）

Memo

附錄篇

1. 西語母音與子音
   Vocales y consonantes
2. 西語發音與重音
   Pronunciación y acento
3. 西語基本文法
   Gramática
4. 中文索引
   Índice en chino

附錄

1. 西語母音與子音
Vocales y consonantes 🎧 MP3-81

（1） 西班牙語一共有 29 個字母，其中「ch、ll、ñ」是西班牙語專有字母。每個字母有大寫和小寫、讀音和拼音。西語字母的讀音較少使用，只有在拼寫單字、人名或唸讀字母順序時才會使用。而西語字母的拼音非常重要，因為拼讀單字時會需要字母的拼音來唸讀出西語單字。

（2） 西班牙語的發音非常簡單，只要掌握字母拼音和重音規則，即使看不懂一篇西語文章，照樣可以開口讀出每個西語單字。29 個西語字母可以區分成 5 個母音（a、e、i、o、u）和 24 個子音，我們會在本篇學習 5 個西語母音的讀法和唸法，還有西語子音的讀音和唸法，最後學習西語的重音與基本文法。

（3）） 根據「西班牙皇家學會」（Real Academia Española）在 2010 年 11 月制定的規定，將字母「Ch」和「Ll」從西語字母表中刪去；同時，將字

母「w」的讀音改成「double uve」、將字母「y」的讀音改成「ye」、將「z」的讀音改成成「ceta」。但西班牙皇家學會強調，因應西語系國家各國不同的西班牙語使用習慣和傳統，該會所制定的西班牙語最新規定，僅供各國參考。

母音

大寫	小寫	讀音	拼音
A	a	a	ㄚ（強母音）
E	e	e	ㄝ（強母音）
I	i	i	ㄧ（弱母音）
O	o	o	ㄛ（強母音）
U	u	u	ㄨ（弱母音）

子音

大寫	小寫	讀音	拼音
B	b	be	ㄅ
C	c	ce	ㄍ（在 a、o、u 前，輕聲）；th／ㄙ（在 e、i 前）
Ch	ch	che	ㄑ
D	d	de	ㄉ

355

附錄

F	f	efe	ㄈ
G	g	ge	ㄍ（在a、o、u前，喉音）；ㄏ（在e、i前）
H	h	hache	拼音時一律不發音
J	j	jota	ㄏ
K	k	ka	ㄍ
L	l	ele	ㄌ
Ll	ll	elle	ㄓ
M	m	eme	ㄇ
N	n	ene	ㄋ
Ñ	ñ	eñe	ㄋ一
P	p	pe	ㄅ（拼音時聲音跟字母b非常相近）
Q	q	cu	ㄎ
R	r	ere	ㄌ（拼音時聲音跟L相近）
S	s	ese	ㄙ
T	t	te	ㄉ
V	v	uve	ㄅ（拼音時聲音跟字母b一樣）
W	w	uve doble	通常用來拼寫外來語
X	x	equis	ㄍㄙ／ㄎㄙ

Y	y	i griega	ㄧ（拼音時跟字母 i 相近）
Z	z	zeta	th（西班牙）； ㄙ（西班牙南部及中南美洲）

雙母音

ia	ua	ai	au
ie	ue	ei	eu
io	uo	oi	ou
iu	ui		

三母音

iai	iei	uai	uei

附錄

2. 西語發音與重音
Pronunciación y acento 🎧 MP3-82

(1) 本節第一部分依序是子音與單母音發音練習、雙母音單字發音練習，每個單母音都可構成一個獨立的音節。當遇到雙母音和三母音時，同樣可以構成一個獨立音節。只要您多加練習這個部份的發音與拼音之後，就可以迅速掌握西班牙語單字唸讀時的音節區分。

(2) 本節第二部份是西班牙語的重音規則與基本文法，西班牙語的重音規則非常簡單易懂，只要您跟著一起練習，即可快速學會！西班牙語的基本文法部分，包含如何區分名詞、定冠詞的陽性與陰性，以及複數的寫法。當您了解這些基本文法，便可以輕鬆自如地使用動詞篇的西班牙語動詞，說出西語句子。

子音與母音拼讀

子音		與母音拼讀時				
B	**b**	ba	be	bi	bo	bu
代表單字		**be**bé 嬰兒		**bi**en 好		

子音		與母音拼讀時				
C	**c**	ca	ce	ci	co	cu
代表單字		bo**ca** 嘴巴		ban**co** 銀行		

小提醒：ca、co、cu 的 c 都發「ㄍ」的音。但是 ce、ci 的 c 在西班牙要發類似英語「th」的音，在西班牙南部與中南美洲則發「ㄙ」的音。

子音		與母音拼讀時				
Ch	**ch**	cha	che	chi	cho	chu
代表單字		co**che** 車子		**chi**ca 女孩		

子音		與母音拼讀時				
D	**d**	da	de	di	do	du
代表單字		**de**do 手指		**do**ce 十二		

子音		與母音拼讀時				
F	**f**	fa	fe	fi	fo	fu
代表單字		ca**fé** 咖啡		cho**fer** 司機		

附錄

子音		與母音拼讀時				
G	**g**	ga	ge	gi	go	gu
			gue	**gui**		
			güe	**güi**		
代表單字		**ga**fas 眼鏡 **guí**a 導遊		a**ge**nda 行事曆 pin**güi**no 企鵝		

小提醒：ga、go、gu 的 g 都發「ㄍ」的音，但是 ge、gi 的 g 要發「ㄏ」的音。而原來「ㄍ」的音碰到 e、i 這兩個母音，必須寫成 gue、gui 這兩個拼音。若 u 有發音的必要時，要寫成 ü。

子音		與母音拼讀時				
H	**h**	ha	he	hi	ho	hu
代表單字		**he**cho 製造		**ho**gar 家		

子音		與母音拼讀時				
J	**j**	ja	je	ji	jo	ju
代表單字		ca**ja** 盒子		**je**fe 老闆		

小提醒：je、ji 的發音跟 ge、gi 的發音相同。

子音		與母音拼讀時				
K	**k**	ka	ke	ki	ko	ku
代表單字		**ki**lo 公斤		**ki**lómetro 公里		

子音		與母音拼讀時				
L	l	la	le	li	lo	lu
代表單字		bola 球		lago 湖		

子音		與母音拼讀時				
Ll	ll	lla	lle	lli	llo	llu
代表單字		gallo 公雞		caballo 馬		

子音		與母音拼讀時				
M	m	ma	me	mi	mo	mu
代表單字		mamá 媽媽		cama 床		

子音		與母音拼讀時				
N	n	na	ne	ni	no	nu
代表單字		nadar 游泳		mono 猴子		

子音		與母音拼讀時				
Ñ	ñ	ña	ñe	ñi	ño	ñu
代表單字		niño 男孩		baño 浴室		

子音		與母音拼讀時				
P	p	pa	pe	pi	po	pu
代表單字		pagar 付款		piña 鳳梨		

附錄

子音		與母音拼讀時	
Q	q	que	qui
代表單字		che**que** 支票	pe**qu**eño 小的

子音		與母音拼讀時				
R	r	ra	re	ri	ro	ru
代表單字		dine**ro** 錢		ca**ro** 貴的		

子音		與母音拼讀時				
Rr	rr	rra	rre	rri	rro	rru
代表單字		pe**rro** 狗		ciga**rro** 香菸		

小提醒：rr 不是獨立的西語字母，故不會在西語字母表中出現。rr 固定出現在二個母音之間，且和之後的母音一起拼讀。

子音		與母音拼讀時				
S	s	sa	se	si	so	su
代表單字		cami**sa** 襯衫		**so**fá 沙發		

子音		與母音拼讀時				
T	t	ta	te	ti	to	tu
代表單字		male**ta** 行李		**te**levisión 電視		

子音		與母音拼讀時				
V	**v**	va	ve	vi	vo	vu
代表單字		**va**so 杯子		**va**ca 牛		

子音		與母音拼讀時				
W	**w**	wa	we	wi	wo	wu
代表單字		**whi**sky 威士忌		ki**wi** 奇異果		

子音		與母音拼讀時				
X	**x**	xa	xe	xi	xo	xu
代表單字		ta**xi** 計程車		e**xa**men 測驗		

子音		與母音拼讀時				
Y	**y**	ya	ye	yi	yo	yu
代表單字		**ya** 已經		a**yu**da 救命		

子音		與母音拼讀時				
Z	**z**	za	ze	zi	zo	zu
代表單字		**za**pato 鞋子		man**za**na 蘋果		

附錄

雙母音單字練習　🎧 MP3-83

雙母音	單字練習	
ia	familia 家庭	iglesia 教堂
ie	tiempo 時間	bienvenido 歡迎光臨
io	horario 進度表	precio 價格
iu	ciudad 城市	viudo 鰥夫
ua	aduana 海關	cuaderno 筆記型電腦
ue	descuento 折扣	puerto 港口
uo	antiguo 舊的	cuota 配額
ui	ruido 噪音	cuidado 關心
ai	aire 空氣	baile 舞蹈
ei	peine 梳子	reinado 在位期間
oi	oiga 聽	heroica 英勇的
au	aula 教室	aunque 雖然
eu	Europa 歐洲	deudor 債務人
ou	bou 拖網船	Bourel 布雷爾（姓氏）

母音單字練習 🎧 MP3-84

1. 有重音符號時，重音在有重音符號的音節。例如：
   ma**má** 媽媽　　　　　ca**fé** 咖啡

2. 母音和子音 n、s 結尾的詞，重音在倒數第二個音節。
   例如：
   silla 椅子　　　　　**ma**pas 地圖

3. 以 n、s 以外的子音結尾時，重音在最後一個音節。
   例如：
   cali**dad** 品質　　　　re**loj** 鐘/錶

4. 遇到雙母音的單字，重音在強母音 a、e、o。例如：
   hu**e**vo 蛋　　　　　cu**a**dro 畫

5. 由兩個弱母音組成的單字，重音在後面的母音。例如：
   di**u**rno 白天的　　　ru**i**do 聲音

6. 遇到字尾是 ar、er、ir 的單字時，重音在該字母。

3. 西語基本文法
Gramática

（1） 名詞和形容詞的陽性、陰性

　　A. 西語名詞有陽性、陰性之分，通常字尾出現「a」、「ción」、「sión」、「dad」時，代表是陰性名詞，若字尾沒有上述情形，代表是陽性名詞。所以「malet**a**」（行李）、「habita**ción**」（房間）、「diver**sión**」（娛樂）、「Navi**dad**」（聖誕節），都是陰性名詞；「dinero」（錢），則是陽性名詞。

　　B. 西語形容詞須配合名詞的陽性、陰性，也有陽性、陰性的分別。通常當形容詞字尾字母為「o」時，代表陽性形容詞；形容詞字尾字母為「a」時，代表陰性形容詞。例如：「malet**a** pequeñ**a**」（小的行李），「malet**a**」（行李）是陰性名詞，所以要將「pequeñ**o**」（小的）的字尾從「o」改為「a」。

C. 當名詞為男性時，形容詞字尾字母一律改為「o」，當名詞為女性時，形容詞字尾字母一律改為「a」。所以，當男性要說我很累，必須說：「Yo estoy cansado.」（我很累。）；當女性要說我很累，必須說：「Yo estoy cansada.」（我很累。）。

D. 西語定冠詞隨著名詞有陽性、陰性之分，陽性名詞的定冠詞是「el」（單數）、「los」（複數），陰性名詞的定冠詞是「la」（單數）、「las」（複數）。提醒您，許多西語名詞的陽性、陰性不完全符合上述規定，所以同時，學習定冠詞和名詞是學習西語名詞的最佳方法。

附錄

(2) 名詞和形容詞的單數、複數

A. 西語名詞和形容詞有單數、複數之分,單數名詞搭配單數形容詞,複數名詞搭配複數形容詞。單數名詞字尾字母是母音時,字尾加上「s」就是複數名詞。單數名詞字尾字母是子音時,字尾加上「es」就是複數名詞。所以「lámpara」(檯燈)的複數必須寫成「lámpara**s**」、「ciudad」(城市)的複數必須寫成「ciudad**es**」。

B. 西語的定冠詞、名詞、形容詞的陽性與陰性變化、單數與複數變化,必須一致。例如:「la malet**a** pequeñ**a**」(小的行李),就是「單數/陰性定冠詞+單數/陰性名詞+單數/陰性形容詞」。「los médico**s** gordo**s**」(胖的醫生們),就是「複數/陽性定冠詞+複數/陽性名詞+複數/陽性形容詞」。

(3) 受詞

A. 西語受詞分為直接與間接受詞,用來取代句子中重複出現的受詞。

主詞		直接受詞	間接受詞
yo	我	me	me
tú / vos	你	te	te
usted	您	lo	le ＞ se
él / ella	他 / 她	la	le ＞ se
nosotros (as)	我們	nos	nos
vosotros (as)	你們	os	os
ustedes	您們	los	les ＞ se
ellos / ellas	他們 / 她們	las	les ＞ se

B. 西語受詞用來代替已經提過的人、事、物。例如:「A: ¿Dónde pusiste el diccionario? B: Lo puse en la estantería.」(你把字典放在哪裡?我放在書櫃裡。)西語受詞放在動詞之前,先說間接受詞,再說直接受詞。例如:「Se lo vendí a un compañero de oficina.」(我賣給我同事。)

369

附錄

碰到原形動詞、現在進行時的動詞時，西語受詞必須放在該動詞之後，寫在一起，並注意是否須標上重音以保留原來的重音位置。但是如果同時出現二個動詞，則西語受詞可以放在第一個動詞之前或第二個原形動詞之後，並寫在一起，例如：「您能幫忙我嗎？」可以寫成「¿**Me** puede ayudar?」或「¿Puede ayudar**me**?」。

C. 當間接受詞 le、les 碰到 lo、la、los、las 的時候，必須以 se 取代。例如：「A: ¿A quién le vendiste tu coche? B: **Se** lo vendí a un compañero de oficina.」（你的車子賣給誰？我賣給我同事。）就是以 se 取代 le（coche 原本的間接受詞）。提醒您，間接受詞也可能和原本要代替的受詞在同一個句子中出現，例如：「**Le** pediré un coche nuevo **a papá.**」（我向我爸爸要求新車。）le 就是要用來取代 papá 的間接受詞。

4. 中文索引 Índice en chino

1～5 劃

了解、懂得	entender	148
工作	trabajar	316
付款	pagar	244
出去、出發	salir	292
去	ir	188
可以、能	poder	260
叫	llamar	212

6 劃

吃	comer	96
吃午餐	almorzar	36
吃早餐	desayunar	128
吃晚餐	cenar	80
回來、再	volver	348
回答	contestar	112
有、必須	tener	300

7 劃

住	vivir	344

371

附錄

告訴、說	decir	124
完成、結束	terminar	304
忘記	olvidar	240
找	buscar	68
走路	caminar	92

8 劃

使用	usar	320
來、過來	venir	328
抵達、到達	llegar	216
放	poner	264
玩	jugar	192
知道、會	saber	288

9 劃

拜訪、參觀	visitar	340
是	estar	164
是	ser	296
洗	lavar	196
洗澡	bañarse	60
看	ver	332
要求	pedir	252

10 劃

哭	llorar	224
拿、搭乘、抓	coger	92
旅行	viajar	336
起床	levantarse	204

11 劃

做	hacer	180
唱歌	cantar	76
唸書、學習、讀書	estudiar	168
帶	llevar	220
接受、收到	recibir	280
清潔	limpiar	208

12 劃

喝	beber	64
散步	pasear	248
游泳	nadar	232
煮	cocinar	88
等、等待	esperar	160
給	dar	120
買	comprar	100

附錄

跑	correr	116
開	abrir	32
開始	empezar	144
畫	dibujar	136

13 劃

想	pensar	256
想要	desear	132
想要	querer	276
愛	amar	40
喝、拿、搭乘	tomar	312
詢問	preguntar	272
跳舞	bailar	56
摸、彈	tocar	308

14 劃

睡、睡覺	dormir	140
認識	conocer	108
說、講	hablar	176
需要	necesitar	236

15 劃

寫	escribir	152
練習	practicar	268
賣	vender	324
駕駛、開車	conducir	104

16 ～ 20 劃

學習	aprender	48
幫忙	ayudar	52
邀請	invitar	184
騎	montar	228
簽名	firmar	172
贈送	regalar	284
關	apagar	44
關、關門、不營業	cerrar	84

20 劃以上

聽	escuchar	156
讀、閱讀	leer	200

國家圖書館出版品預行編目資料

西語動詞，一本搞定！/ José Gerardo Li Chan（李文康）、
Esteban Huang Chen（黃國祥）合著
-- 修訂初版 -- 臺北市：瑞蘭國際，2025.06
376 面；14.8×21 公分 --（外語達人系列；36）
ISBN：978-626-7629-42-0（平裝）

1.CST：西班牙語 2.CST：動詞

804.765　　　　　　　　　　　　　　　114005847

外語達人系列 36

西語動詞，一本搞定！

作者｜José Gerardo Li Chan（李文康）、Esteban Huang Chen（黃國祥）
責任編輯｜潘治婷、王愿琦
校對｜José Gerardo Li Chan（李文康）、Esteban Huang Chen（黃國祥）、Elisa Li Chan（李倩蘭）、潘治婷、王愿琦

西語錄音｜José Gerardo Li Chan（李文康）、鄭燕玲
錄音室｜不凡數位錄音室
封面設計｜José Gerardo Li Chan（李文康）、Esteban Huang Chen（黃國祥）、陳如琪
版型設計｜劉麗雪
內文排版｜邱亭瑜

瑞蘭國際出版

董事長｜張暖彗·社長兼總編輯｜王愿琦
編輯部
副總編輯｜葉仲芸·主編｜潘治婷·文字編輯｜劉欣平
設計部主任｜陳如琪
業務部
經理｜楊米琪·主任｜林湲洵·組長｜張毓庭

出版社｜瑞蘭國際有限公司·地址｜臺北市大安區安和路一段 104 號 7 樓之 1
電話｜(02)2700-4625·傳真｜(02)2700-4622·訂購專線｜(02)2700-4625
劃撥帳號｜19914152 瑞蘭國際有限公司
瑞蘭國際網路書城｜www.genki-japan.com.tw

法律顧問｜海灣國際法律事務所　呂錦峯律師

總經銷｜聯合發行股份有限公司·電話｜(02)2917-8022、2917-8042
傳真｜(02)2915-6275、2915-7212·印刷｜科億印刷股份有限公司
出版日期｜2025 年 06 月初版 1 刷·定價｜480 元·ISBN｜978-626-7629-42-0

◎版權所有·翻印必究
◎本書如有缺頁、破損、裝訂錯誤，請寄回本公司更換

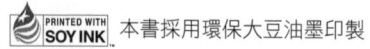

PRINTED WITH SOY INK　本書採用環保大豆油墨印製